Unlove Story

L'intolérable égoïsme des altruistes amoureux

Cécile FRADIN-DUPIRE

Unlove Story

L'intolérable égoïsme des altruistes amoureux

Littérature contemporaine

© 2021 Cécile FRADIN-DUPIRE

Édition : BoD – Books on Demand
12/14 rond-point des Champs-Élysées, 75008 Paris
Impression : BoD - Books on Demand, Norderstedt, Allemagne

Illustration : © Anna Bacquey

ISBN : 978-2-322-38108-1
Dépôt légal : Septembre 2021

Pour ceux qui ont cru en moi.

Pour ceux qui n'y ont pas cru.

Pour ceux qui ne savaient pas.

PRÉFACE

J'ai d'abord voulu appeler ce livre « *Ceci n'est pas une histoire d'amour* ». Un titre qui aurait été tout à fait en adéquation avec le message que je tentais de faire passer au travers de cet écrit. Un titre parfait mais déjà pris, moultes fois.

Le tableau de Magritte *La trahison des images* dépeint une pipe tout en notant explicitement que ce n'en est pas une. Là où certains y verront une plaisanterie, d'autres y verront un sous-entendu sexuel et d'autres encore soutiendront avec véhémence que « *Bien sûr que si c'en est une !* ». J'ai écrit ce livre en particulier pour ces derniers et dernières personnes.

En grandissant je me suis aperçue que là où je voyais un comportement outrageant, d'autres voyaient de la séduction, là où je voyais du harcèlement d'autres voyaient une histoire d'amour.

J'ai cherché à comprendre ces personnes, comprendre d'où leur venait cette manière de penser. Je n'y suis pas parvenue. C'est pourquoi au travers de ce livre je tente à mon tour de leur faire comprendre la mienne en espérant y parvenir.

Ce livre de fiction n'est en rien autobiographique (heureusement pour moi), toute ressemblance avec des personnes existant ou ayant existé serait purement fortuite.

Tout ce récit sort de mon imagination, c'est pourquoi je vous le dis avec certitude :

Ceci n'est pas une histoire d'amour.

CHAPITRE I
LA PETITE AVENTURIÈRE ET LE ROI PANTOUFLARD

<u>Liebestraum</u>

Franz Liszt

- Et toi, tu veux faire quoi quand tu seras grand ?

Paul leva les yeux de son livre pour jeter, à travers ses lunettes de soleil, un regard étonné à la gamine. Elle avait soudainement cessé de construire son château et le toisait, le corps recouvert de sable. Avec une certaine impatience, elle appuya sa question d'un « *Alors ?* » autoritaire. Il hésita un instant à lui donner une réponse développée, mais réalisa qu'il mourait d'envie de continuer son livre. Il lui répondit succinctement :

- Je sais pas. Je suis déjà grand, non ? Puis il baissa à nouveau les yeux sur son livre pour continuer la phrase qu'il avait abandonnée.

Paul avait toujours été très droit et pragmatique. À 33 ans, il avait eu un parcours exemplaire. Beaucoup de ses collègues – pour la plupart plus âgés – s'accordaient à dire qu'il deviendrait certainement l'un des meilleurs chirurgiens vasculaires de la région Lorraine, voire de France. Modeste, il ne leur donnait jamais raison, mais en était lui aussi persuadé.

- T'es pas vieux. Tu vas encore grandir. Tu vas encore faire des trucs. Alors qu'est-ce que tu veux faire quand tu seras plus grand ?

Il leva les yeux et vit que la gamine continuait de le dévisager. Il n'avait jamais rien compris aux enfants, à tel point que parfois il se demandait s'il en avait un jour été un. Comment pouvaient-ils accorder autant d'importance à des choses aussi futiles et éphémères qu'un château de sable ; ou se montrer aussi têtus pour avoir une réponse – qu'ils oublieront dans l'heure – à une question sans importance ?

- Tu sais que je suis docteur ? Demanda t-il en baissant son livre pour la regarder dans les yeux, tentant – en vain – de faire paraître sa lassitude pour de l'intérêt.

- Ben oui, ça je sais ! Répondit l'enfant en levant les yeux au ciel.

- Tu sais que j'aime être docteur ?

- Oui ! Tu en parles tout le temps et je comprends jamais rien…

- Hé bien j'aimerais beaucoup être docteur et le rester quand je serai grand.

La petite semblait perplexe. Elle jeta un regard à son château et fit une grimace de déception avant de regarder Paul dans les yeux et de lâcher :

- Mais… C'est nul !

De toute évidence elle était moins déçue par sa construction que par la réponse de Paul.

- C'est nul, répéta-t-elle, toujours avec son regard sombre planté dans celui de Paul.

- Pourquoi tu trouves ça nul ? Demanda t-il faisant semblant de s'intéresser à la réponse qu'elle lui donnerait.

Elle attendit quelques secondes avant de lui répondre et Paul se rendit compte que la déception de son regard avait laissé place à de la pitié :

- Tu vas toujours être ce que tu es ? Tu vas jamais changer ?

- Si j'aime ce que je suis, pourquoi je changerais ?

* * *

Charlotte ne savait pas quoi répondre. C'était trop évident. Les adultes sont vraiment bizarres. Ils préfèrent tous la sécurité à l'aventure et l'argent au chocolat. Elle pensa : « *Paul est un très grand adulte. Déjà quand il est debout j'arrive pas à voir ses yeux. Mais en plus je suis sûre qu'il a jamais vécu d'aventure et veut jamais en vivre. Il a peur.* » Les yeux de Charlotte passèrent du château à Paul et elle se rendit compte qu'il y avait bien plus que quelques murs de sable qui les séparaient. Elle regarda derrière son épaule et vit la mer qui se rapprochait dangereusement vague après vague et qui menaçait de détruire ce qu'elle avait mis des heures à bâtir. « *Pourquoi il changerait s'il aime ce qu'il est ?* ». La réponse était tellement logique :

— L'aventure ! S'exclama-t-elle en se levant juste à temps pour laisser passer la mer qui emporta avec elle le résultat de son après-midi de travail ; de son après-midi de jeu, de son aventure.

* * *

Ils quittèrent tous les deux la plage. Charlotte portait son seau et sa pelle pendant que Paul traînait un grand sac rouge. La gamine de sept ans sautillait joyeusement devant lui en essayant de siffler un air de son invention, sa petite robe blanche dansait sur ses genoux à chaque pas.

Paul réfléchissait, il restait persuadé que la question de Charlotte était sans importance, mais se surprit à se demander quelle pourrait être sa prochaine « *aventure* », comme disait sa nièce. Il avait un travail qu'il adorait, qui lui rapportait assez d'argent pour vivre plus que confortablement, dans lequel il était très bon et se faisait violence pour devenir meilleur encore. Cela faisait plus de dix ans qu'il s'était installé à Nancy, pour ses études en premier lieu puis son travail, inévitablement. Une ville magnifique à laquelle il s'était beaucoup attaché. Il voyait son futur professionnel sans encombre, toujours plus grand et plein d'opportunités, mais se demandait parfois ce qu'il pouvait avoir de plus dans sa vie pour qu'elle soit parfaite.

« Une plus grosse voiture, une grande et belle maison, un chien. Pourquoi pas ? Mais une femme, des enfants… » Il s'agirait de la suite logique, une suite qui ferait le plus grand bonheur de sa mère qui disait sans cesse qu'il pensait uniquement à son travail. Ce qui était entièrement vrai, mais il ne pouvait pas se permettre de lui donner raison.

A trente-trois ans il avait connu plusieurs histoires, bien sûr. Un grand et séduisant jeune chirurgien aux cheveux bruns bien coiffés, aux yeux sombres, dont on pouvait suivre les traits de sa mâchoire carrée – parfois cachée sous une barbe naissante mais qu'on devinait bien fournie – jusqu'à ses lèvres bien dessinées. Il plaisait et il le savait, mais jamais il n'avait envisagé un futur concret avec qui que ce soit.

Il se trouvait souvent trop bien pour les filles qu'il rencontrait. La plupart de ses amis le disaient narcissique, ils ne semblaient pas comprendre qu'un homme comme lui ne pouvait pas se permettre de sortir avec une femme lambda, ou qu'il ne se voyait pas être avec quelqu'un de moins intelligent, de moins cultivé ou de moins beau que lui. Il lui arrivait de rencontrer des filles très différentes les unes des autres, mais aucune n'avait semblé à la hauteur, il trouvait cela tout à fait normal et se moquait de ce que ses amis ou les filles en question pouvaient dire de lui.

Il attendait celle qui lui donnerait envie de penser plus à des voyages qu'à ses patients et bistouris ; celle qui s'intéresserait davantage à un pontage qu'à la date de sortie du prochain épisode de sa série préférée. Il attendait celle qui n'existait pas, celle qui – pour son plus grand plaisir – ne viendrait jamais. Il aimait sa solitude et resterait avec elle même lorsque la mort tenterait de les séparer. Il resterait et vieillirait seul dans son grand appartement aux murs recouverts de diplômes et de schémas anatomiques.

« *L'aventure* » avait hurlé Charlotte. « *Quelle aventure ? S'aventurer c'est risquer. Le risque, on ne le cherche pas, on ne le prend pas, on le fuit. Pour aucune aventure au monde je ne risquerais la sécurité et le confort que j'ai réussi à acquérir* », pensa Paul.

Soudain il entendit une voix s'élever devant lui :

- Ah ! Enfin !

Il leva les yeux et vit sa mère qui les attendait sur le seuil de sa porte les mains sur les hanches. Depuis qu'elle habitait à côté de la mer, il ne l'avait jamais vu porter d'autres vêtements que ceux-ci : une marinière aux manches remontées aux coudes, un pantalon bleu foncé qui lui arrivait juste au-dessus des chevilles et de simples chaussures blanches. Un ensemble qui se mariait très bien avec ses cheveux couleur ivoire dont les petites boucles, toujours désordonnées, atteignaient à peine le lobe de ses oreilles. A croire qu'elle voulait montrer au monde entier qu'elle habitait sur le littoral atlantique. Sa mère était un cliché.

Elle ouvrit les bras pour accueillir Charlotte qui avait laissé tomber son seau et sa pelle pour courir vers sa grand-mère en hurlant :

- Mamie !

Arrivé au portail Paul se baissa pour ramasser les outils de la bâtisseuse. Il se releva, regarda sa mère dans les yeux et lui sourit. Elle lui renvoya son sourire avec, derrière ses lunettes en demi-lune, ce regard malicieux dont elle seule avait le secret.

Soudain il réalisa qu'il avait marché un kilomètre et demi en réfléchissant à sa vie, suite aux mots prononcés par une enfant.

* * *

Charlotte n'aimait pas les repas quand ils étaient tous ensemble. Ça semblait interminable. Les adultes n'arrêtaient pas de parler de choses qu'elle ne comprenait pas. Depuis une semaine ils étaient tous ensemble et chaque soir c'était la même chose : de longs repas ponctués de discussions inintéressantes. Parfois Lise – sa maman – lui disait qu'elle pouvait aller se coucher si elle préférait, mais la gamine répondait toujours qu'elle n'était pas fatiguée. Sa grand-mère faisait tous les soirs un dessert différent, c'était le moment de la journée que Charlotte préférait, qu'elle attendait et pour lequel elle n'allait jamais se coucher avant les adultes. Tout de même, malgré son amour pour les desserts de Mamie, la petite préférait le midi, quand ils mangeaient vite un sandwich à la plage avant d'aller jouer au ballon ou de se baigner.

Charlotte se servit un verre de jus d'orange avant de s'asseoir seule à la petite table de la cuisine. « *En plus ce soir ça va être encore plus long parce que Paul part demain.* », songea-t-elle en s'affalant sur la table dans un long soupir.

- Hola petite bâtisseuse, j'ai entendu aux informations que la mer a une fois de plus emporté notre château aujourd'hui. Bigre… Demain il faudra renforcer les fortifications !

Elle se redressa. Papi avait dû entendre sa plainte silencieuse et traversait la cuisine avec son « vélo » jusqu'à elle. « *Il appelle ça un "vélo", mais Maman m'a dit que c'était pour pas qu'il tombe. Un dém… Démambrul… Démanbul… Déambulateur !* » C'est à ce moment-là qu'elle comprit pourquoi son grand-père préférait appeler ça un "vélo".

Charlotte regarda son grand-père en souriant. Elle vit de petites rides se former aux coins de ses yeux et sa fine moustache grise se lever avec ses lèvres souriantes. Elle aimait beaucoup cette moustache, son grand-père n'avait plus aucun cheveu sur la tête, ni poils sur le visage hormis cette moustache dont il prenait grand soin chaque matin.

Le vieillard avançait lentement, le dos légèrement courbé. Il avançait toujours à petits pas en s'appuyant davantage sur sa jambe gauche que sur la droite. Cela faisait des décennies qu'il avait mal à ce membre. Charlotte lui avait demandé à plusieurs occasions ce qui lui était arrivé et à chaque fois son grand-père lui racontait une histoire différente. Lui aussi avait le goût de l'aventure.

L'histoire qu'elle préférait se passait pendant la guerre dans un pays d'Afrique dont elle avait oublié le nom. Un méchant avait dressé un lion pour combattre. Le fauve avait sauté sur Papi et avait saisi sa jambe entre ses crocs. Alors Papi – ce héro – avait regardé la bête dans les yeux, sans crainte, sans cri et lui avait ordonné de le lâcher. Ce que la bête fit avant de plier le genou devant son nouveau maître. Mais il était trop tard et depuis Papi avait mal à la jambe.

Le vétéran de la guerre d'Algérie s'assit face à sa petite fille et l'imita en se servant un verre de jus d'orange. Charlotte savait que si elle voulait écouter une histoire d'aventure il lui suffisait de poser *la* question à son grand-père. Après avoir passé un long après-midi avec son ennuyeux oncle Paul, elle avait besoin d'un récit d'aventure.

- Papi ? Comment tu t'es fait mal à la jambe ?

- Je ne t'ai jamais raconté cette histoire ? Demanda le grand-père étonné en regardant la petite.

Charlotte fit « non » de la tête, espérant avoir une version inédite.

- Ah ! Dit-il avant de boire une dernière gorgée de jus et de poser son verre sur la table.

Il leva les yeux au ciel quelques instants. *« Il réfléchit, ça va être nouveau ! »*, pensa Charlotte.

- Ta grand-mère. Elle a de gros biscoteaux, pas vrai ? Commença t-il en levant symétriquement les poings, coudes pliés.

La petite répondit d'un hochement de tête.

- Des bras très très forts, continua le grand-père haussant légèrement la voix en levant plus haut ses bras toujours pliés.

- Très forts, oui ! Ajouta Charlotte avec un sourire qui s'élargissait à chaque seconde.

Dans un silence qui parut une éternité Papi baissa les mains en les dépliant pour les poser délicatement à plat sur la table. Il baissa la voix, Charlotte n'entendit qu'un murmure, comme s'il lui confiait un secret.

« Ça s'est passé bien avant ta naissance et celle de ta mère. Dans notre petite maison que tu n'as jamais vue, dans un petit village au nord du pays que tu n'as jamais visité. A cette époque, on devait chasser pour se nourrir.

Il y avait cette histoire qu'on racontait : *Le Lapin Titan.* Un lapin géant de la taille d'un grand enfant. Quand il se tenait debout sur ses pâtes arrières il faisait la taille d'un ours ! Tout le monde en parlait, beaucoup pensait que c'était faux, une histoire pour faire peur aux gosses… Mais pas moi ! Parfois je voyais une ombre immense dans notre jardin, une ombre qui engloutissait nos légumes d'une bouchée.

Je savais qu'il existait et je voulais le prouver au village. Alors un jour je suis parti à la chasse au Lapin Titan. Ta Mamie était très inquiète pour moi, bien sûr. Mais elle savait que je reviendrais, et tu sais pourquoi ? Parce que j'étais le meilleur chasseur. Je suis resté dans la forêt trois jours et trois nuits avec juste mon fusil et une couverture. Et le quatrième jour ; alors que j'étais trempé, plein de boue et que je commençais à mourir de froid ; je l'ai vu… »

- Le Lapin Titan, compléta Charlotte fascinée.

- Le Lapin Titan, oui. Alors j'ai armé mon fusil, j'ai visé et j'ai appuyé sur la gâchette. Et là ! Dit-il soudain très fort en écartant brusquement les bras au point de faire sursauter sa petite fille, toujours captivée par son récit.

« Mon fusil a refusé de tirer. Il avait pris l'humidité. J'ai regardé devant moi et j'ai vu le monstre tourner la tête, ses grands yeux rouges brillaient et me fixaient. J'étais à sa merci. Alors j'ai jeté mon fusil et j'ai couru à travers le bois, encore et encore, le plus vite possible en écartant les branches, en glissant dans la boue. Je courais, je courais et à un moment j'ai vu notre maison, j'ai vu ta Mamie par la fenêtre de la cuisine. J'ai crié son nom « AGATHE ! AGATHE ! », pour qu'elle ouvre la porte de la cuisine et qu'elle s'apprête à affronter la bête.

J'ai continué à courir et j'ai vu ta Mamie ouvrir calmement la porte avec un grand couteau dans chaque main. Elle attendait le monstre. Il se rapprochait de moi, j'entendais son rugissement de plus en plus près de mon oreille. A quelques mètres de la maison, le lapin m'a sauté dessus ! J'ai eu peur, mais il avait simplement attrapé ma botte. J'ai sauté pour atteindre la maison et ta grand-mère a levé ses deux grands bras, les couteaux dans les mains. Et elle a visé la tête du lapin. »

Le grand-père s'arrêta en baissant les yeux, l'air nostalgique et déçu.

- Et alors ? Demanda Charlotte impatiente.

- Il était rapide et il bougeait beaucoup. Elle a dû s'y reprendre à trois fois pour planter le lapin. Le premier coup lui a coupé les moustaches et le dernier l'a tué.

Charlotte le regarda, silencieuse, attendant la fin du récit. Elle se baissa pour jeter un coup d'œil à la jambe de son grand-père sous la table. Puis elle se redressa, compta silencieusement et planta quelques secondes son regard dans les yeux de Papi. Elle ajouta, septique et déçue à la fois :

- Mais ça fait que deux coups ça Papi, et en plus ça me dit pas pourquoi t'as mal à la jambe si le Lapin Titan à touché que ta botte.

Il la regarda un instant dans les yeux, saisit son verre de jus d'orange et termina :

- Après les moustaches du lapin, le deuxième coup de couteau a été pour ma jambe. Elle n'avait pas ses lunettes, ta Mamie.

Charlotte regarda quelques secondes son grand-père avant de hurler de rire. Elle rit tellement fort que sa mère apparut brusquement au bout de la cuisine, un regard inquiet. Ses cheveux châtains désordonnés tombaient sur ses grands yeux bleus. Elle regarda sa fille, rassurée qu'elle soit en train de hurler de rire et non pas de douleur ou de peur. Elle jeta un regard interrogateur à son père qui tapota doucement sa cuisse droite. Elle comprit vite la cause de l'hilarité de sa fille et son regard passa rapidement de l'interrogation à la douceur. Elle sourit elle aussi et demanda :

- *L'Épingle À Nourrice* ou *Le Lapin Géant* ?

- *Titan*, répondit le grand-père, un sourire de fierté aux lèvres en levant le doigt sur ce mot pour appuyer son importance.

* * *

Lise avait beaucoup aimé le repas ce soir-là. Sa mère avait mis les petits plats dans les grands et préparé plus de nourriture qu'il n'en fallait pour leur dernier souper avant le départ de Paul, son frère. Ils s'étaient tous gavés de fruits de mer divers et variés : huîtres, crabes, langoustines, bulots, moules, palourdes ; la spécialité de la région était devenue la spécialité de sa mère, Agathe. Sa fille, Charlotte, avait tenté de réprimer une grimace de dégoût à chaque fois qu'elle avait vu quelqu'un manger quelque chose. Elle n'avait jamais aimé quoique ce soit provenant de la mer ; même si – Lise le savait – elle n'y avait jamais vraiment goûté. C'est pourquoi sa grand-mère avait préparé spécialement pour elle un grand saladier de frites. « *Pour qu'elle puisse picorer comme on le fait nous !* » s'était justifiée Agathe ; mais Lise s'était aussitôt rappelée ce que sa mère lui avait dit quelques années plus tôt quand elle lui avait demandé de faire des repas plus équilibrés à sa fille : « *C'est le rôle des grands-parents de gâter et de faire rêver les petits enfants. Chez nous, la petite mangera autant de frites, de bonbons et de gâteaux qu'elle voudra.* ». Ainsi ce soir-là, à son plus grand désespoir, Lise avait regardé sa fille engloutir un kilo entier de pommes de terre frites avec pour seul accompagnement du Ketchup.

Pendant le repas Paul avait raconté avec fierté et passion différentes histoires, anecdotes et explications concernant son métier de chirurgien. Lise avait aussi travaillé en chirurgie. Elle avait beaucoup aimé ce travail, d'autant plus qu'elle y avait rencontré Antoine, le père de Charlotte, un homme très grand, très blond, aux yeux très bleus. Un très bel infirmier qui ne cessait de répéter avec humour qu'il exerçait un travail de femme et qu'il aimait cela. Elle ne voulait pas y repenser. Il était parti le lendemain du deuxième anniversaire de sa fille, sans expliquer pourquoi.

Après sa disparition, elle avait été obligée de trouver un travail aux horaires plus réguliers pour s'occuper – seule – de sa fille. Depuis, elle était infirmière scolaire dans un collège de Dijon et passait ses journées à donner des préservatifs à des adolescents puceaux ou à les autoriser à rentrer chez eux quand ils avaient « mal à la tête ». Autrement dit quand ils avaient des contrôles ou des devoirs à rendre.

Malgré son ego surdimensionné, Paul racontait ses histoires avec une verve incroyable grâce à laquelle Lise pouvait vivre des opérations et des suivis de patients par procuration. Ces histoires, Lise les adorait, elles lui donnaient parfois l'impression de toujours être dans un service de réanimation chirurgicale et de faire un métier intéressant, avec un réel sens. Puis elle replongeait brusquement dans la réalité en se rappelant qu'elle ne pouvait même pas se permettre de donner un Doliprane aux élèves, ses « patients ».

A certains moments du repas elle avait jeté quelques regards à sa fille qui ne s'intéressait absolument pas aux dires de son oncle. Heureusement, elle roulait des yeux et continuait d'avaler une à une ses frites en silence.

Cette nuit-là, Lise dormit très bien. Peut-être était-ce grâce aux multiples verres de vin qui avaient accompagné le repas ; mais elle aimait à croire que c'était grâce aux aventures contées par son frère qui lui avaient permis de se voir à nouveau comme une vraie infirmière, avec de vrais patients.

Le lendemain matin, en disant au revoir à son frère, elle eut envie de le remercier.

* * *

Émilie avait mis son réveil à six heures mais s'était levée bien avant, l'appréhension, sans doute. Elle commençait son nouveau travail aujourd'hui à sept heures.

Elle avait trouvé un emploi qui semblait pouvoir parfaitement lui convenir dans une ville qui pourrait sans doute lui plaire. Elle était installée à Nancy depuis maintenant une semaine et avait trouvé un appartement convenable en un temps record. Un studio de trente mètres carrés, sous les combles dans un bel immeuble datant d'une époque où on ne savait pas chauffer un appartement mais on le construisait tout de même très haut de plafond sur tout un étage ; laissant les domestiques dormir sous les toits où il faisait trop chaud en été et trop froid en hiver. Il était très bien placé, quasiment dans le centre, elle pouvait aller travailler à vélo en vingt minutes. Un logement à côté de la gare, ou plutôt à côté du chemin de fer, cela faisait un bruit phénoménal, il arrivait même que son lit tremble au passage d'un train. Au début Émilie avait trouvé cela très gênant et s'était dit qu'elle déménagerait le plus vite possible, mais – à sa grande surprise – elle s'y était très vite habituée.

La veille elle avait fait la connaissance de sa cadre, Madame Durand, une femme débordant de cette joie de vivre constante qui va jusqu'à vous mettre mal à l'aise. Elle avait un nez légèrement trop gros, des cheveux et des yeux bruns très communs. Elle n'était pas vraiment belle et n'avait, en fait, aucun charisme. Elle semblait vouloir combler ce manque en accordant beaucoup d'importance à son apparence : une coupe de cheveux courte et impeccable, un maquillage parfait et des vêtements choisis avec soin. C'était plutôt réussi à vrai dire.

Dès qu'Émilie était entrée dans son bureau, Madame Durand lui avait offert des biscuits qu'elle avait faits elle-même en son honneur ; puis elle l'avait priée de la tutoyer et de l'appeler par son prénom : Hélène. Elle lui posa quelques questions sur son expérience professionnelle et son parcours scolaire mais ne lui laissait pas le temps d'y répondre. Son CV sous les yeux, elle parlait vite, posait des questions et y répondait elle-même avec enthousiasme désarmant en ponctuant ses phrases de : « *Prends donc un biscuit !* », « *Tu permets que je te tutoie ? On le fait tous ici !* », « *Parfait !* », « *Oh !* ». Émilie comprit très vite que ce manque de charisme ne venait pas de son apparence physique, mais de son comportement absurde.

L'interrogatoire terminé, Hélène lui lança un grand sourire et lui serra la main en lui disant à quel point elle était heureuse qu'Émilie rejoigne l'équipe, qu'il fallait qu'elle s'apprête à faire de grandes choses, que, malgré le rythme rapide et souvent fatigant du service, l'équipe s'entraidait sans cesse et que c'était cela qui était le plus beau après tout, non ? « *Bref, à demain, sept heures. Ne nous oublie pas !* » avait lâché la cadre avec un petit rire tendu en donnant un badge à Émilie.

Elle se sentait enfin à sa place, une infirmière, une vraie. En soins intensifs de chirurgie.

Aujourd'hui Émilie y était, le premier jour de travail, le premier jour de sa nouvelle vie. Elle mangea calmement et partit de chez elle à six heures et demie afin d'être relativement en avance. Elle pédalait avec hâte et frénésie, laissait l'air frais de cette belle matinée de juin lui caresser les joues. Arrivée à la clinique, elle attacha son vélo et fila directement dans le service. C'est là qu'elle vit une femme de dos accoudée au bureau. Ses cheveux bruns rassemblés en queue de cheval semblaient glisser doucement sur sa blouse blanche. Il n'y avait pas de fenêtres sur l'extérieur, seulement des vitres floutées donnant sur les chambres des patients. Il faisait noir dans le service, l'unique source de lumière était une vieille lampe de bureau qui donnait à la pièce entière une teinte jaunie.

Émilie frappa à la porte déjà ouverte mais l'infirmière de nuit ne bougea pas. Elle s'avança doucement avant de sursauter lorsqu'elle sentit une main se poser doucement sur son épaule. Elle se retourna et se retrouva face à un torse. Elle leva les yeux et croisa le regard d'un grand jeune homme très fin, aux cheveux sombres tirés en arrière et tenus par un petit chignon. Il portait de grandes lunettes à la fine monture ronde et donnait l'impression de tenter depuis plusieurs années de se faire pousser une barbe, en vain.

- On appelle la police ou tu es notre nouvelle collègue ? Dit-il avec un sourire au coin des lèvres.

- Je m'appelle Émilie, la cadre m'a dit que je commençais aujourd'hui, répondit-elle doucement avec un sourire.

- Enchantée Émilie ! Dit une voix dans son dos. Émilie se retourna et vit que l'infirmière de nuit s'était retournée et lui souriait. Elle avait toujours un écouteur dans l'oreille. Je m'appelle Lina, et la grande perche derrière toi c'est Florent.

- Enchantée, répondit-elle en regardant l'un et l'autre avec un grand sourire. Je suis désolée, mais la cadre ne m'a pas dit où étaient les vestiaires…

- Alors tu bosseras en civil, c'est tout, lâcha Florent amusé.

- Rhooo mais tais-toi toi ! Viens je t'accompagne, Flo tu gardes la boutique.

- Si tu veux, mais officiellement je ne suis pas en poste avant sept heures, s'il arrive quelque chose…

- Tu diras que c'est à cause de l'incompétence de l'équipe ? Coupa Lina avec un sourire.

- Non, juste la tienne, rétorqua Florent.

Amusée, Émilie suivit Lina aux sous sols. Les vestiaires se trouvaient entre la cuisine et la morgue. Au fond d'un couloir humide et très mal éclairé se trouvait la lingerie, Lina lui expliqua :

- Parfois tu auras de la chance, tu trouveras des tenues à ta taille, d'autres fois…

- Je bosserai en civil et c'est tout ?

Elles rirent franchement avant de remonter dans le service. Florent était assis en compagnie d'une jeune femme blonde au teint pâle et bien maquillée :

- Salut ! Moi c'est Julie, Florent m'a dit que t'étais notre nouvelle collègue !

- Oui, Émilie ! « *Tout le monde a l'air bien trop gentil...* » pensa-t-elle avec un mélange de joie et de suspicion.

Tous trois lui expliquèrent qu'il y avait un infirmier de nuit, deux dans la journée pour six patients ayant tous subi de gros gestes chirurgicaux ou nécessitant une surveillance importante en post-opératoire.

- Il n'y a pas d'aide soignant ? Demanda Émilie.

- Une fois, j'ai essayé de soumettre l'idée à la cadre, répondit Julie. Elle m'a répondu que si cela ne tenait qu'à elle, les aides soignants n'existeraient même pas.

Ils levèrent tous les yeux au ciel avant de lui expliquer qu'elle serait en supplément pendant trois jours, ensuite elle ferait partie intégrante des effectifs. Les transmissions faites, les histoires des patients racontées, les deux jeunes femmes, Lina et Julie, terminèrent sur une note assez étrange, qui surprit Émilie. Julie dit avec un regard malicieux qui ne se mariait pas du tout avec son visage innocent :

- Et bien sûr, l'ordre du jour c'est le retour de vacances de notre docteur préféré, j'ai nommé…

- Docteur Paul Calldet, son petit cul et ses beaux yeux ! Dirent-elles avec un synchronisme étonnant et plein d'excitation avant de pouffer comme deux adolescentes qui compareraient des photos de leur star préférée.

Émilie sourit doucement quand elles commencèrent à lui décrire « *le sosie du Docteur Mamour* ». Florent roula des yeux et ajouta :

- Il est peut-être beau gosse, mais il n'empêche que c'est un fils à papa condescendant qui se la pète…

- Jaloux ! Lui rétorqua Lina.

- Absolument pas, je l'aime même plutôt bien ! Comme il est sacrément misogyne, je suis sûr que dans la vie civile on s'entendrait bien.

Les filles lui lancèrent des éclairs avec leurs yeux. Puis ils se mirent d'accord pour dire que la chirurgie vasculaire leur manquait à tous et que c'était aussi pour cela qu'ils étaient heureux de retrouver leur chirurgien préféré. Ou plutôt leurs chirurgies préférées.

* * *

Au volant de sa voiture bien trop chère, Paul n'était plus sûr de rien. Il ne cessait de repenser à sa nièce et au regard dédaigneux qu'elle lui avait jeté du haut de ses sept ans.

« *L'aventure* », il en avait eu des aventures. Qui était-elle pour lui parler de cette façon ? Une gamine, rien de plus. Une gamine qui pense que la vie est faite pour s'amuser, une gamine qui a saisit la précarité de la vie et qui a décidé de vivre des « *aventures* » comme pour lui donner plus de valeur.

D'ailleurs, qu'est-ce qu'elle appelait une « *aventure* » ? En tant que médecin il en vivait chaque jour des aventures, chacun de ses patients en était une. Il avait déjà vécu des centaines, des milliers d'aventures dans sa vie. Au travers de ses patients et il partageait ces histoires avec ses collègues, ses confrères, ses amis. D'aucuns diraient qu'il n'avait pas de vie personnelle, pas d'amis, pas de passe-temps… Paul ne se risquerait pas à dire que tout cela était faux, mais il avait fait de sa vie professionnelle sa vie personnelle et n'y voyait aucun mal.

Parfois, peut-être aurait-il aimé décrocher du travail en partant quelque part ou en discutant avec quelqu'un qui ne soit pas l'un de ses confrères. Parler d'autre chose que de son travail à la clinique. Il arrivait qu'en marchant dans la rue, il cherche à croiser le regard d'une femme, pour qu'elle s'arrête et lui parle. C'était comme un jeu avec lui-même. Car parfois, il ne voulait plus être seul. Il voulait trouver une femme avec qui il pourrait parler, sortir, rire, vivre. Une femme qu'il serrerait dans ses bras. Une femme qui le serrerait dans ses bras après une dure journée. Une femme à qui il pourrait tout dire. Une femme qui lui dirait tout. Une femme qui lirait dans ses yeux. Une femme qui le comprendrait. Une femme avec qui il vivrait et vieillirait. Une femme avec qui il voudrait partir loin et sur un coup de tête. Une femme avec laquelle il se battrait pour avoir un chien ou un chat. Une femme qui le ferait sourire. Une femme qui lui apporterait tout ce que lui lui apporterait. Une femme avec qui échanger, partager. Une femme.

Oui, parfois, même s'il détesterait donner raison au monde en avouant ne plus vouloir être seul, Paul ne pouvait s'empêcher de penser qu'il aimerait partager sa solitude avec quelqu'un. Charlotte sa nièce avait, malgré elle, fait germer l'idée dans sa tête que partager sa vie avec quelqu'un pourrait représenter la plus grande des aventures.

Chapitre II
LA SÉDUCTION DE L'ANGE

<u>Nocturne Op. 9 No. 2</u>
Frédéric Chopin

Paul était déjà réveillé depuis un certain temps, il réfléchissait à cette « *aventure* » qu'il avait en tête. Bêtement, il avait fait comme tout le monde en cas d'interrogation et avait demandé conseil à l'internet. Toujours couché, il menait une étude basée sur l'analyse de différents articles concernant le célibat passé trente ans. Il prit conscience au bout du quatrième article qu'étant un homme, il était très peu concerné par la pression sociale qui s'abattait sur les trentenaires pour qu'ils se reproduisent. Ce qui, bizarrement, lui donnait d'autant plus envie de trouver quelqu'un pour se lancer dans cette aventure.

Il regarda l'heure dans le coin de son écran, il ne voulait pas être en retard pour son retour de vacances.

Lorsqu'il se gara sur le parking de la clinique, il aperçut un confrère cardiologue sortant de sa voiture. À la lisière de la retraite, Dr. Frédéric Charlande était un grand homme, de par sa réputation, sa taille et son tour de taille. Il avait un goût très prononcé pour les petites voitures de vitesse dont il avait grande peine à sortir. Une fois debout il fit signe à Paul et s'alluma une cigarette avant de marcher jusqu'à lui. A chaque pas qu'il faisait les boutons de sa chemise menaçaient de s'envoler. Quand il arriva au niveau de Paul, celui-ci ne pu s'empêcher de regarder sa chemise avec la crainte de la voir s'ouvrir sous la pression qu'exerçait la bedaine du médecin.

- Ça y est, t'es revenu de vacances, dit-il en soufflant sa fumée de cigarette de côté.

- Il faut bien, répondit Paul. Des consultations aujourd'hui et déjà des blocs de prévus demain…

- Tu ne t'es même pas accordé une reprise en douceur ? Demanda Dr. Charlande avec un petit sourire.

Paul haussa les épaules. Il avait toujours détesté cet homme. Sa réputation de cardiologue n'était plus à faire, mais il haïssait cette façon qu'il avait de donner des conseils d'hygiène de vie qu'il était le dernier à respecter. Il arrivait qu'il fasse ses consultations complètement ivre et ne se privait pas de fumer ses clopes devant une clinique remplie de patients qui étaient en partie là à cause du tabac et de l'alcool. Ses petites lunettes sans monture tombaient sur le bas de son nez, il les remonta lentement avec son majeur, l'air pensif.

- Dis voir Paul… J'ai dû prendre un de tes patients en urgence au bloc, pour lui poser un Pace

Maker[1]... Un de tes patients de la forêt de Sherwood...

- Aux soins intensifs, rectifia Paul dans un soupir.

- Ouais, ouais, si tu veux, ouais. Vous avez une nouvelle jeune et jolie infirmière ?

Les sourcils de Paul se levèrent avec dédain lorsqu'il vit la lueur graveleuse dans les yeux de son interlocuteur.

- Je suis chirurgien, je n'ai pas que ça à faire de m'occuper du recrutement. Tu connais toutes tes infirmières toi peut-être ? Rétorqua Paul.

- Seulement celles qui ont un physique qui mérite qu'on les appelle par leur prénom, lâcha l'autre avec un sourire dévoilant ses dents jaunies.

Paul marmonna quelques mots d'au revoir avant de tourner le dos à son confrère, le laissant finir seul sa cigarette. Il passa les portes

---

1 *Pace Maker : Dispositif cardiaque posé au bloc opératoire en cas de bradycardie, rythme cardiaque trop bas, grave.*

coulissantes de la clinique et lança un « *bonjour* » à la secrétaire de l'accueil qui lui répondit avec un ton mielleux « *bonjour Docteur Calldet* ».

Il longea un grand couloir où une multitude de portes s'alignaient portant chacune une plaque grise au nom d'un médecin. Arrivé devant la porte à son nom il entra sans frapper, dans cette pièce trois patients l'attendaient déjà. Il se tourna vers une femme blonde entre deux âges qui lui souriait depuis derrière son bureau :

- Bonjour Docteur Calldet, dit-elle en se levant et en lui tendant des papiers.

- Bonjour Virginie, comment allez-vous ? Demanda Paul en s'avançant jusqu'à elle pour saisir le courrier qu'elle lui tendait.

- Très bien, et vous les vacances vous ont fait du bien ? Demanda-t-elle poliment.

- Mmh… marmonna-t-il en feuilletant son courrier. Combien de consultations ?

- Seulement huit ce matin, une reprise en douceur pour vous, ajouta-t-elle avec un sourire complice.

- J'ai encore des patients hospitalisés ou ils sont tous sortis ? Continua de demander Paul sans lever les yeux vers elle.

- Pour l'instant personne, six entreront cet après-midi que vous opérerez demain. Trois carotides et quatre petits gestes, rien de plus gros pour l'instant.

Paul la regarda. Il lui lança un bref sourire avant de regarder sa montre pour dire :

- Laissez-moi dix minutes, à quarante-cinq faites entrer le premier patient.

- Très bien Docteur.

Il passa la porte et s'installa derrière son bureau pour éplucher son courrier, feuilleter les dossiers des patients qu'il devait voir dans la matinée. Mais les paroles de son confrère lui restaient en tête. Le Docteur Charlande connaissait toutes les jeunes infirmières travaillant dans la clinique. Son âge, son physique et sa façon de parler des plus déplaisants rendaient ses connaissances concernant le personnel féminin déplacées, voire dégoûtantes. Pour Paul c'était différent, il était jeune, séduisant et il savait que les infirmières l'appréciaient pour cela. Il pensa qu'il devrait aller voir lui-même en soins intensifs s'il y avait suffisamment de lits disponibles pour ses opérations demain, peut-être y croiserait-il cette nouvelle infirmière, peut-être pourrait-il se faire lui-même un avis sur elle. On frappa à sa porte :

- Docteur Calldet, votre premier rendez-vous, dit doucement la voix de sa secrétaire en poussant la porte.

*** ***

Émilie commençait son troisième jour de travail consécutif à la clinique. Elle était sur les rotules, avait passé des journées atroces avec des patients imbuvables et des médecins qui l'avaient traitée chacun leur tour d'infirmière « *amatrice* » ou « *incompétente* ». Une fois cette dernière journée, ces trois jours, ces trente six heures à la clinique écoulées, elle se promettait de dormir pendant vingt-heures de suite.

  Elle écouta à peine lors des transmissions de sept heures, elle connaissait déjà ses patients par cœur. Elle travaillait avec Florent, ils avaient pour mission de faire de la place dans le service, faire sortir les patients, car le lendemain il serait rempli avec les patients vasculaires du Dr. Calldet. Émilie était très partagée quant au retour de vacances du chirurgien, elle ne connaissait rien à cette spécialité et quand elle en parlait à ses collègues ils lui répétaient « *C'est de la plomberie, un vaisseaux est bouché quelque part, on le débouche* », mais ils se mettaient tous d'accord pour dire que c'était la plus intéressante des spécialités.

Elle était très curieuse de rencontrer ce Dr. Calldet. Au vu de ce qu'en disaient ses collègues, elle le voyait comme un homme qui avait su saisir les opportunités qui s'étaient présentées à lui, imbu de sa personne, heureux de plaire aux femmes et de le savoir. Florent l'avait décrit comme « *un misogyne amoureux de lui-même qui déteste qu'on l'appelle Monsieur parce que c'est un Docteur* ». Elle avait déjà décidé de mener sa petite guerre et de ne pas lui accorder le privilège d'être appelé par son titre. Émilie avait toujours détesté les médecins de ce type : fils à Papa qui avaient toujours eu ce qu'ils voulaient dans la vie. Elle n'était pas du genre à s'écraser devant ce genre de personnage, quand elle le verrait pour la première fois, elle le lui ferait ressentir.

Quatorze heures, leur matinée s'était déroulée sans accrocs. Ils avaient transféré les patients qui devaient sortir du service et se préparaient à nettoyer toutes les chambres vides. Ils avaient pris le poste de radio du service branché sur une station passant des musiques du siècle dernier que Florent et Émilie chantaient sans retenue. Armés de leur spray et de leur lingette, ils désinfectaient chaque recoin de la chambre, du lit aux fenêtres en passant par le scope[2].

C'est quand ils commençaient à chanter la partie opéra de *Bohemian Rhapsody* qu'ils entendirent une voix appeler :

- Infirmière ? Le ton excédé de l'homme qui les appelait voulait souligner le caractère urgent et pressant de sa demande.

Émilie et Florent se regardèrent et soupirèrent ensemble. « *J'y vais* », dit-elle à voix basse avec un clin d'œil complice à son collègue.

---

[2] *Scope : Écran, moniteur auquel sont branchés les patients pour surveiller leurs paramètres vitaux.*

Elle jeta ses gants de façon désinvolte, se désinfecta les mains et sortit de la chambre.

Au bout du couloir, elle vit une silhouette. Un homme se tenait là, droit comme un i, une main dans la poche, les yeux sur sa montre. Elle s'avança jusqu'à lui, au fur et à mesure qu'elle marchait la silhouette devint une personne, un jeune homme aux cheveux épais, bruns et bien coiffés sur lesquels il avait posé sa paire de lunettes ; son rasage irréprochable soulignait les courbes de sa mâchoire bien dessinée. Ses vêtements bien taillés ; une chemise bleue claire et un pantalon d'un marron qui rappelait la couleur des feuilles d'automne ; laissaient deviner que son corps, d'un naturel fin, était étoffé par la présence de muscles bien travaillés. Arrivée à sa hauteur, Émilie planta ses yeux dans le regard sombre de l'homme et lui dit poliment :

- Bonjour, c'est un service de soins intensifs, les horaires des visites sont très réglementées… Vous venez voir quelqu'un ?

Émilie senti le regard de son interlocuteur glisser avec dédain jusqu'à ses baskets rouges avant de la regarder dans les yeux pour dire :

- Je suis chirurgien, vous êtes ?

Elle sentit sa bouche s'ouvrir en même temps que ses yeux s'écarquillaient. Elle réalisa qui elle avait en face d'elle et comprit tous les dires de ses collègues à son propos. Elle sourit et bégaya :

- Ah, vous… Vous devez être Monsieur Calldet !

- Je suis le Docteur Calldet. Vous êtes ? Répondit-il froidement en insistant sur son statut.

Émilie était fière de l'avoir appelé « *monsieur* », ce qui l'aida à sourire encore plus avant d'ajouter :

- Je m'appelle Émilie, la nouvelle infirmière, je suis arrivée il y a un mois.

- Bonjour Docteur Calldet, lança une voix au-dessus de l'épaule d'Émilie ; Florent semblait avoir jugé nécessaire de venir à sa rescousse. Vous avez passé de bonnes vacances ?

Monsieur Calldet ne posa plus son regard sur Émilie, il serra brièvement la main de Florent avant de remettre la sienne dans sa poche.

- Mmmh… Vous avez de quoi réceptionner les carotides que j'opère demain ?

- Oui, oui, oui ! On vient de vider le service juste pour vous, répondit Florent avec hâte.

- Bien, très bien, marmonna Docteur Calldet en jetant à nouveau un œil à sa montre. A demain alors.

Il tourna les talons et s'en alla d'un pas pressé. Florent et Émilie lui lancèrent un « *au revoir* » puis se regardèrent. Celle-ci commença à ouvrir la bouche pour lâcher un soupire, avant d'entendre s'élever au bout du couloir :

- Bienvenue dans l'équipe, Émilie

* * *

Rentrée chez elle, Émilie se laissa tomber dans son lit, un canapé qu'elle n'avait pas pris le temps de replier suite à ses trois jours de travail éreintants. Elle avait passé une bonne journée avec son collègue Florent avec qui elle s'entendait incroyablement bien ; ils passaient plus de temps à rire ensemble qu'autre chose. Elle repensa en souriant à ce Monsieur Calldet, qu'elle avait pris pour un visiteur. Elle sortit de sa poche son téléphone et ne put s'empêcher d'aller le rechercher sur les réseaux sociaux. « *paul_dr_cld, même dans ses pseudos il inclut son titre de docteur...* » remarqua Émilie. Elle fit défiler sur son écran ses photos. Peu variées, elles concernaient seulement son métier ou sa famille. Ici, on devinait son visage sous un masque et un calot bleus, on ne voyait que son regard concentré sur les outils de bloc opératoire qu'il avait entre ses mains couvertes de sang. Là, on le voyait de dos, en train de courir en marinière, chaussures à la main derrière une gamine en robe rouge qui s'élançait vers la mer. Sur la photo suivante on le voyait avec un grand sourire la tenir dans ses bras. La légende de cette photo disait « *Family is everything* ». Émilie haussa les sourcils en roulant les yeux « *une vie tellement instagrammable ce Docteur Calldet...* », pensa t-elle. Elle voulut aller à la photo suivante, un peu trop vite :

 - Non, non, non, non, non ! Cria-t-elle à voix haute.

 Elle jura un certain temps avant de retirer le *like* qu'elle lui avait envoyé par mégarde.

* * *

 Paul remonta le couloir avec hâte en sentant le regard des infirmiers dans son dos. « *Émilie, la nouvelle infirmière* », « *Émilie* ». Il la revoyait sourire et remettre nerveusement une mèche blonde échappée de son chignon derrière son oreille. Il revoyait ses yeux verts et pleins d'innocence dans lesquels il s'était plongé un instant, un trop court instant. Elle était pleine de douceur et semblait gentille, drôle, intelligente ; belle. Si belle. Ces petites fossettes qui s'étaient formées quand elle avait souri et bégayé au moment où elle avait compris qui il était.

Il arriva chez lui, marcha jusqu'à son salon et se laissa tomber dans son canapé, alluma son téléphone et consulta l'actualité des réseaux sociaux quand il vit une nouvelle notification : « *emi_dln a aimé votre photo* ». Il se redressa. Elle avait aimé la photo où il était avec Charlotte à la mer, pourquoi ? Elle devait croire qu'il s'agissait de sa fille et non de sa nièce, elle allait penser qu'il était marié et avait des enfants. Il consulta à son tour son propre profil et constata qu'il n'était absolument pas exotique ; travail, famille, travail, famille. Qu'allait-elle penser de lui ? Et pourquoi l'avait-elle cherché sur les réseaux ?

Il s'aventura alors à aller voir ses photos à elle. Sa vie avait l'air incroyable quand on la voyait à travers ses photos ; des voyages au bout du monde dans des pays aux noms imprononçables, des missions humanitaires sur des îles perdues, des activités à couper le souffle dans les airs ou sous la mer... Une femme extraordinaire, une véritable aventurière. Leurs vies étaient tellement différentes, mais ils avaient des valeurs profondes communes, il le savait. Il s'arrêta sur une photo en particulier, elle portait un haut qui devait être blanc à l'origine et souriait tellement fort que ses yeux en étaient fermés, l'éclat de son sourire ressortait car son corps entier était recouvert de poudre multicolore. En dessous de la photo il lu « *Holi... Holy colours, holy spring, holy love... , à Hampi Karnataka, India* ». Il ne pouvait détacher les yeux de ce sourire, ces fossettes, ces plis au coin de ces yeux. Ce visage encadré par des cheveux qu'on imagine d'un blond éclatant mais couverts de taches roses, bleues, jaunes… Il voyait la pureté du monde sur ce visage. Il aimait cette photo, alors il aima cette photo. « *Like pour like* », pensa t-il.

* * *

Exténuée, Émilie n'avait pas eu la force de se faire à manger, ni même de descendre les trois étages qui la séparait de son livreur de pizza, elle en avait un peu honte mais elle l'avait fait monter jusqu'à elle pour n'avoir plus qu'à ouvrir la porte à son repas du soir. Avachie dans son lit devant un film qu'elle connaissait par cœur elle jeta un regard à son téléphone entre deux parts de pizza : « *paul_dr_cld a aimé votre photo* ».

- Oh non, dit-elle dans un souffle avant de regarder sur quelle photo il avait jeté son dévolu.

Il avait choisit celle où elle avait ce sourire stupide, les cheveux gras et les yeux ridés à ce festival en Inde. Elle pensa que cela ne pouvait pas être pire, éteint l'écran de son téléphone et le retourna pour tenter d'oublier en se concentrant sur son film. Elle n'avait pas encore travaillé avec lui et le Docteur Mamour la prenait déjà pour une pauvre fille instable et groupie sur les bords. Elle prit son visage entre ses mains et poussa un grognement. Elle eut une amère pensée pour les inventeurs d'Instagram et cette idée qu'il avaient eu pour rendre le like facile.

Pourquoi avait-elle cherché un médecin jeune, séduisant et fier de l'être sur les réseaux ? Elle ne put s'empêcher de l'imaginer se pavaner auprès de ses amis comme un coq dans sa basse-cour en montrant les photos de ses conquêtes passées et futures. Elle allait faire partie de son tableau de chasse, elle, la seule femme de la clinique à ne pas s'intéresser à lui. Elle tenta de chasser toutes ces idées d'un revers de main pour se concentrer à nouveau sur le film.

Peut-être avait-il lui aussi « *glissé* » sur le like ? Mais ça ne l'empêcherait pas de s'imaginer que ELLE l'avait liké VOLONTAIREMENT. Toutes ces questions firent regretter à Émilie cette époque − qu'elle n'avait pas réellement connu − sans réseaux sociaux, sans internet, sans ordinateurs, sans électricité ; elle se surprit à penser que « *après tout, ça devait pas être si mal que ça la Préhistoire, cette période où il n'y avait pas encore d'histoires...* ». Elle ferma violemment l'écran de son ordinateur au moment où, de toute façon, le Titanic ne pouvait plus rester à flot et où on savait Jack condamné. Elle se tourna dans son lit et enfouit son visage sous sa couette pour se forcer à penser à autre chose.

Elle se remémora ses voyages, ce bien-être qu'elle avait pu ressentir quand elle réussissait à dépasser le sentiment de solitude qui s'emparait d'elle lors de certains voyages en solitaire. Elle parcourra ses souvenirs comme un album photo pour retrouver ce sentiment de paix qu'elle avait cherché pendant si longtemps. Et soudain, tout cela lui paraissait loin et avait si peu d'importance.

« Qu'est-ce qu'un cœur sur une photo après tout, si ce n'est un amas de pixels ? ».

* * *

Pour un retour de congés, Paul se trouvait peu performant en salle d'opération. Il s'était habitué à travailler vite et bien, ce jour-là il avait travaillé uniquement bien, il était un peu déçu de ce manque de performance.

Il irait voir ses patients en fin de journée, quand ils seraient tous remontés dans leur chambre. Il avait le temps de sortir un petit peu. Alors, il passa voir sa secrétaire pour lui dire qu'il sortait faire une course, il reviendrait pour les visites post-opératoires en fin d'après-midi. Il ajouta, qu'en cas de problème, il était joignable sur son téléphone ; mais il n'y aurait pas de problème, car il avait bien travaillé, et il le savait.

- Bon après-midi alors Docteur Calldet, avait dit Virginie avec un grand sourire.

Il monta dans sa voiture, la démarra et ne put s'empêcher de penser à la chance qu'il avait d'exercer un métier si passionnant qui lui permettait de faire d'autres choses de ses journées s'il en avait envie. Il y a quelques semaines il serait resté à la clinique, après avoir opéré, pour dicter des comptes-rendus, lire des dossiers, préparer ses consultations du lendemain… Mais depuis que sa nièce l'avait mis au défi – malgré elle – d'être plus aventurier il voulait être plus spontané, moins réfléchi, moins chiant en somme.

Cela faisait une éternité qu'il n'avait pas mis les pieds dans un cinéma et n'avait aucune idée de quels films s'y jouaient en ce moment. Il prit la route du centre ville et décida d'aller voir le premier film qui passerait. Si ce n'était pas de la spontanéité, il ne savait pas de quoi il s'agissait.

Arrivé un peu en retard, il marcha doucement jusqu'à un fauteuil libre. Ils n'étaient que cinq ou six dans la salle. Qui allait au cinéma en semaine en plein milieu de l'après-midi ? Il s'installa et se souvint pourquoi il n'aimait pas aller au cinéma ; les fauteuils inconfortables, le manque de place pour les jambes, le bruit des gens qui parlent, mangent, rient, s'embrassent… Il déplora cette idée d'être venu et alla même jusqu'à la regretter lorsque les publicités et bandes-annonces démarrèrent. Les lumières s'éteignirent et le film commença avec une musique bien trop forte, alors qu'une jeune femme derrière lui cherchait bruyamment les derniers grains de pop-corn dans le fond de son pot.

Il soupira, c'était l'histoire de deux ou trois heures, après il remonterait dans sa voiture et retournerait à la clinique.

***

Émilie aimait beaucoup aller au cinéma aux séances où elle avait des chances d'être seule. C'est pourquoi elle adorait d'autant plus les rediffusions de films cultes, des valeurs sûres. Mais on était jamais seul au cinéma, alors elle s'arrangeait pour arriver en avance, prendre des pop-corn, s'installer au fond de la salle, regarder les gens s'installer et leur inventer une vie.

Ce couple de lycéens qui séchait les cours pour se retrouver dans une salle sombre. Cette femme qui se définissait comme cinéphile chevronnée et écrivait des critiques sur un blog peu consulté mais qu'elle prenait très au sérieux. Cet homme qui voulait réellement voir ce film, cette légende au cinéma, qui était venu seul et avait quitté son travail plus tôt pour tenter de ne pas rater la séance mais était tout de même arrivé en retard. Cet homme en question s'installa deux rangs devant elle.

La salle se plongea dans le noir, il ne lui restait que très peu de pop-corn, elle pencha son carton comme un gobelet pour attraper les derniers. Elle ne savait pas comment certaines personnes arrivaient à les manger tout au long du film. Pour Émilie, les bandes annonces passées ses victuailles étaient terminées. Cela pouvait être une bonne chose, car elle ne faisait aucun bruit pendant le reste de la séance. Elle attrapa dans un vacarme les derniers grains de maïs, ce qui semblait excéder son voisin de devant qui grogna et soupira en tournant légèrement la tête de côté. Elle avait peur d'avoir reconnu cet homme… paul_dr_cld, Monsieur Calldet, Docteur Mamour… Elle s'avachit dans son siège pour se terrer derrière le dossier de devant et se promit de ne pas bouger, ne pas faire de bruit, ne pas respirer durant toute la séance.

Plongée dans le film, Émilie senti ses larmes monter en même temps que celles d'Oskar Schindler lorsqu'il compta combien de personnes il aurait pu sauver de plus. Émilie était sur le point d'éclater en sanglots lorsqu'une sonnerie de téléphone, qui n'avait rien à voir avec *La liste de Schindler*, se fit entendre. Tout le monde soupira et Émilie vit Monsieur Calldet se débattre pour trouver son téléphone, elle l'entendit décrocher avec cette voix froide :

- Oui Virginie, une urgence ? … Non… Une trentaine de minutes… Oui, bonne soirée…

Elle le vit raccrocher son téléphone.

- Éteignez votre téléphone. Merci, râla la cinéphile excédée.

Émilie nota que Monsieur Calldet passa nonchalamment sa main dans ses cheveux sans s'excuser.

*　*　*

Virginie, sa secrétaire, l'avait appelé pour lui dire que ses patients étaient tous en service, que les infirmières attendaient la visite et que, de son côté, elle rentrait chez elle. Paul n'avait pas dû être suffisamment clair quand il avait dit « *en cas de problème* », c'était la première fois qu'il appréciait un film au cinéma et la première fois depuis longtemps que quelqu'un le disputait. Penaud, il culpabilisait de ne pas avoir mis son téléphone en silencieux.

Le film terminé, il ne prit pas le temps d'attendre, il se leva, il était attendu à la clinique. Il longea la rangée et les lumières s'allumèrent et son regard se posa sur cette femme qui avait fait tant de bruit en mangeant ses pop-corn au début du film. Il s'arrêta de respirer quand leurs regards se croisèrent. Ces cheveux blonds mal tenus par une queue de cheval faite rapidement, ces iris verts qui ressortaient de ce visage rougi par les émotions transportées par le film. Il tenta de sourire de façon décontractée et dit doucement :

- Bonne soirée, Émilie.

Elle lui répondit par un plissement des lèvres gêné qui pouvait s'apparenter à un sourire et il sentit son regard le suivre alors qu'il quittait la salle d'un pas rapide.

Paul ne croyait pas au destin, mais il ne pouvait nier que parfois, la vie semblait envoyer des signes. Quelles étaient les chances pour qu'ils se retrouvent dans la même salle de cinéma au même moment ? Quelles étaient les chances pour que Paul pose enfin les yeux sur une femme qui en valait la peine ? Paul avait envie de suivre les signes que lui envoyait la vie. Charlotte lui avait mis en tête de faire de sa vie une aventure et la vie avait mis Émilie sur sa route.

Elle lui plaisait et, indubitablement, il lui plaisait. Elle l'avait cherché sur les réseaux après l'avoir seulement croisé et ce sourire gêné qu'elle lui avait rendu prouvait qu'il l'intimidait pour une raison évidente. Quand il avait vu ses yeux remplis de larmes au cinéma, il avait eu envie de la prendre dans ses bras pour lui dire que la vie était belle.

Il voulait qu'Émilie soit le début de cette aventure, alors ce serait Émilie. Il voulait Émilie, alors il l'aurait.

Chapitre III
PETIT FRÈRE GRANDES CONFESSIONS

<u>Trio Op. 100</u>
Franz Schubert

Charlotte n'avait jamais aimé les retours de vacances. Elle passait depuis toujours, ses deux mois d'été chez ses grands-parents. Les délicieux gâteaux de Mamie, les histoires incroyables de Papi… Ces jeux sans fin inventés avec le peu de choses qui se trouvait là. Parmi eux, les spécialités de Papi : l'arc avec un bout de ficelle et une branche de noisetier, une cabane perchée à la cime d'un arbre à laquelle on accédait par une corde. Charlotte détestait les retours de vacances parce que chaque année ses grands-parents rendaient ses vacances extraordinaires.

Cette année-là, leur retour sur Nancy se ferait sous la pluie. Lise, sa maman, conduisait toujours en écoutant des livres audio et elle laissait à Charlotte le soin de choisir une histoire pour le trajet. Sans savoir pourquoi, la pluie battante lui avait donné envie d'écouter l'indémodable histoire du *Petit Prince*. Imaginer cette petite tête blonde sauter de planète en planète permettrait à Charlotte d'oublier que ses vacances à la mer étaient finies, qu'elle devrait attendre des mois avant de revoir ses grands-parents et, surtout, d'oublier que dans quelques jours elle retournerait à l'école.

Alors que la profonde voix de Gérard Philippe racontait comment le Petit Prince avait apprivoisé Le Renard, Charlotte se sentait partir. Bercée par le bruit de la pluie sur le pare-brise et le ronronnement de la voiture, elle s'endormit.

Charlotte se réveilla plusieurs heures plus tard, elle plissa les yeux, la pluie avait cessé. Elle demanda à sa mère en baillant :

- On est où ?

Lise la regarda avec tendresse, lui sourit et répondit doucement :

- Juste en dessous de Paris, on a déjà fait la moitié de la route.

Charlotte étira ses jambes au plus loin qu'elle pouvait, fit de même avec ses bras en tentant d'effleurer le toit de la voiture et dit à sa mère :

- J'ai bien dormi !

- Tu as beaucoup dormi, c'est bien ! Tu peux dormir encore si tu veux, lui répondit Lise d'une voix douce.

- Non, c'est bon, je vais rester réveillée jusqu'à la maison maintenant, dit-elle en secouant la tête, éveillée comme jamais.

Charlotte tendit l'oreille mais n'entendait rien, le livre audio avait dû se terminer pendant son sommeil. Elle s'empara du téléphone de sa mère pour mettre de la musique. Elle savait qu'elles s'approchaient de Nancy, la mer lui manquait déjà et ses grands-parents encore plus.

- Maman ?

- Oui, ma chérie ? Répondit doucement Lise.

- Pourquoi on habiterait pas chez Papi et Mamie ?

Lise fronça les sourcils, surprise de la question de sa fille. Charlotte voyait que sa mère réfléchissait à sa réponse, elle attendit longtemps avant qu'elle se décide à dire :

- Tu n'aimes plus Nancy ?

Charlotte détestait devoir expliquer aux adultes les choses évidentes :

- Si ! Mais chez Papi et Mamie il y a la mer, des arbres, il fait toujours beau et en plus il y a Papi et Mamie !

Lise sourit :

- Mais si on y habitait, tu ne serais pas aussi heureuse comme à chaque fois qu'on y va, tu ne penses pas ?

- Mais si, parce que je serais heureuse tout le temps ! S'exclama la gamine.

- Parce qu'à Nancy tu es malheureuse tout le temps ?

Excédée, Charlotte soupira.

- Non, mais… La mer… Commença-t-elle.

- Et Paul, il viendrait avec nous ?

Paul. Charlotte ne comprenait pas que sa mère se serve de son oncle comme d'une excuse pour rester en Lorraine. Elle devait pourtant se douter qu'elle et Paul ne s'entendaient pas. Il était morne, ennuyeux, parlait seulement de son travail. Certains soirs, Lise avait des courses à faire et demandait à Paul de *« garder »* Charlotte. Chaque fois que cela arrivait, il lui disait de regarder la télé pendant qu'il resterait dans son bureau pour travailler. Et quand Lise venait rechercher sa fille, elle et son oncle faisaient un grand sourire en disant que *« oh oui, on s'est bien amusé !»*, c'était la seule chose qu'elle et Paul savaient faire ensemble : mentir à Lise.

Alors est-ce que Paul viendrait avec elles si elles allaient habiter à la mer ?

- Il viendrait pendant les vacances, répondit Charlotte à sa mère en haussant les épaules, désabusée.

* * *

Sa sœur et sa nièce revenaient aujourd'hui de leurs vacances. Paul se rendit à leur appartement pour préparer leur retour. Redémarrer le compteur électrique, ouvrir les volets et leur préparer de quoi manger à leur arrivée. Depuis des années, il se chargeait de rouvrir l'appartement de sa sœur, il faisait tout cela comme un automatisme, plus par habitude que par gentillesse. Cette année-là, plutôt que de leur préparer une simple assiette de pâtes au beurre, il avait décidé de prendre le temps de cuisiner quelque chose pour elles.

Alors qu'il séchait ses larmes après avoir découpé des oignons, une partie de lui ne pouvait s'empêcher de penser qu'il faisait cela pour montrer à sa nièce qu'il pouvait la surprendre et faire disparaître cette image d'oncle à la mord-moi le nœud qu'elle se plaisait à lui coller sur le front. En effet, c'était à cause ou grâce à elle qu'il s'était décidé à changer, il fallait qu'il le lui montre, qu'il le lui prouve ; même s'il doutait qu'une gamine de sept ans puisse comprendre l'ampleur du changement qui se profilait en lui.

Paul fit sauter ses oignons et ses blancs de poulets dans un filet d'huile comme le conseillait la recette qu'il avait décidé de suivre. En cuisinant chez elles, cela leur permettrait de sentir dès leur arrivée le fumet de la bonne cuisine et de leur faire réaliser que lui aussi pouvait prendre le temps de cuisiner malgré son travail prenant. Il ajouta des haricots verts à sa poêlée, avec de la crème, un peu de sel et de poivre. Il huma le tout avec satisfaction avant d'éteindre le feu et de recouvrir sa poêle d'un couvercle.

Il mit le couvert pour deux personnes. Après huit heures de route, elles n'auraient plus qu'à s'asseoir pour manger un délicieux repas préparé avec soin. Il regarda sa montre, elles seraient là d'ici une trentaine de minutes. Il griffonna un mot de bienvenue sur un bout de papier avant de retourner chez lui.

Paul était confortablement installé dans son canapé et attendait la livraison de son repas, des sushis. Cela faisait une éternité qu'il n'avait pas mangé Japonais, c'est pourquoi ce vendredi soir, après une longue semaine de travail, il avait décidé de céder à ce caprice.

On sonna à la porte, il se leva avec empressement, jamais un livreur n'avait été aussi rapide. Il ouvrit la porte.

* * *

Charlotte n'avait jamais aimé les retours de vacances et ce qu'elle aimait le moins c'était ces pâtes fades, manquant de beurre, que Paul avait la gentillesse de leur préparer pour qu'elles n'aient pas à cuisiner. Ces pâtes, Charlotte les détestait car elles marquaient pour elle la fin des vacances aussi violemment que la chute d'un couperet. Elles faisaient bien trop contraste avec les repas de Mamie qu'elle avait mangés pendant deux mois.

Elle fut donc emplie de joie et de surprise quand elle sentit la divine odeur du poulet sauté dès qu'elle eut passé le seuil de leur appartement. Lise n'avait pas non plus pu cacher sa surprise. Elle avait laissé tomber les sacs de voyage et porté ses mains à sa bouche en lâchant une exclamation. Un sourire sans fin traversa son visage lorsqu'elle posa les yeux sur un mot laissé sur la table de la salle à manger. Avec les yeux humides elle avait rallumé le gaz pour réchauffer leur repas avant de se baisser pour dire à sa fille de descendre dans l'appartement du dessous, voir si Paul voudrait manger avec elles deux.

Avec un grand sourire Charlotte hocha la tête, cela faisait longtemps qu'elle n'avait pas vu sa mère sourire de cette façon. Elle laissa son sac à dos dans l'entrée et, pour la première fois de sa vie, elle était contente de savoir que son oncle habitait l'étage en dessous de chez elles. Alors qu'elle dévalait les escaliers elle s'en voulut d'avoir si souvent pensé du mal de Paul, peut-être avait-il vraiment toujours beaucoup de travail et que c'était pour cela qu'il ne prenait pas de temps pour autre chose, comme sa famille ?

Elle sonna et réalisa qu'elle avait envie de voir son oncle et de le remercier, elle ne parvenait pas à se souvenir avoir déjà eu envie de ça. Elle attendit gênée sur le paillasson, et quand la porte s'ouvrit elle ne leva pas les yeux vers lui. Elle croisa ses mains dans son dos en se balançant d'avant en arrière pour dire :

- Merci pour le repas Paul, ça sent vraiment bon et Maman demande si tu veux monter manger avec nous.

* * *

Lise n'avait pu s'empêcher de sourire quand elle avait vu le repas que Paul avait préparé pour leur retour à elle et Charlotte. Elle ne savait pas pourquoi, mais pour la première fois depuis bien longtemps, son frère avait montré de l'attention pour une autre personne que lui-même. Elle ne savait pas pourquoi et, après tout, elle s'en moquait. Depuis qu'Antoine le père de Charlotte était parti, Paul et Lise étaient voisins. Cela faisait près de cinq ans, et jamais Lise n'avait eu un tel geste d'affection de la part de son frère. D'aucuns diraient qu'il s'agissait là d'un simple repas, mais elle voyait cela comme une véritable déclaration d'amour fraternel.

Elle s'empara d'une troisième assiette, de deux verres à vin et se dit que pour la première fois depuis qu'ils étaient devenus adultes, elle et son frère partageraient peut-être une soirée agréable.

- Maman ! Paul a ramené des *chushis* ! Hurla la voix de Charlotte quand elle entra dans l'appartement tel un courant d'air.

Sa fille lui sauta dans les bras et Lise leva les yeux en souriant. Paul était là, il s'avança avec un sourire au coin des lèvres jusqu'à la table, sur laquelle il déposa un sac en papier.

- Des sushis ? Demanda Lise agréablement étonnée.

- Charlotte a accueilli le livreur chez moi et elle a dit qu'elle n'en avait jamais mangé, répondit Paul en haussant les épaules. Je me suis dit qu'on pourrait les manger en entrée.

Le repas se déroulait incroyablement bien, Paul avait demandé comment s'était passée la fin de leur séjour chez leurs parents ce qui avait permis à Charlotte de se lancer dans des histoires plus romanesques les unes que les autres.

- Et là ! S'exclama la gamine, Mamie a sauvé Papi de la noyade ! Et c'est à cause du requin qu'il a mal à la jambe.

Paul leva les yeux vers sa nièce tout en mangeant. Étonné, il avala sa bouchée :

- C'est pas à la chasse qu'il s'est fait tirer dessus ? Demanda t-il en regardant alternativement sa nièce et sa sœur.

Charlotte soupira et répondit avec un mouvement d'épaules :

- Il a beaucoup d'histoires à raconter Papi avec sa jambe.

Paul haussa les sourcils, dubitatif et continua de manger. Lise souriait en voyant ces deux-là discuter. Aussi différents étaient-ils, elle savait qu'au fond ils s'entendaient comme larrons en foire, même si tous deux prétendaient le contraire. Elle leva les yeux vers son frère et lui demanda :

- Et toi, la reprise à la clinique a été bonne ?

* * *

La reprise à la clinique avait été très bonne, de part son travail, certes, mais surtout parce que Paul avait pris cette décision de ne plus être seul. Il n'avait qu'Émilie en tête, il voulait terriblement passer du temps avec elle et, pour la première fois depuis qu'ils étaient devenus adultes, il ressentait quelque chose et voulait en parler à sa sœur. Paul n'avait jamais réellement eu de complicité fraternelle avec Lise. C'est pourquoi, il ne savait pas comment aborder avec elle un sujet qui ne concernait ni son travail, ni leur famille. Il tenait à en parler à sa sœur et il tenait d'autant plus à ce que Charlotte le sache. Il mâcha longuement son morceau de poulet avant de lui répondre sur un ton monocorde sans lever les yeux de son assiette :

- Très bonne. Pas mal d'opérations importantes, heureusement qu'ils ont engagé une nouvelle infirmière en soins intensifs. D'ailleurs, je l'ai croisée au cinéma la dernière fois, c'était drôle.

* * *

Une nouvelle infirmière ? Le cinéma ? Depuis quand son frère avait une vie en dehors du travail, depuis quand allait-il au cinéma, depuis quand s'intéressait-il aux femmes et surtout, depuis quand lui en parlait-il ? Cette simple phrase en plus du repas faisait ouvrir à Lise les yeux sur une nouvelle personne que son frère semblait être en train de devenir. Elle ne pu cacher sa surprise, elle regarda Paul avec insistance alors que Charlotte lui demandait :

- T'es allé voir quoi au cinéma ?

Paul jeta un regard à sa nièce. Ses yeux brillaient d'une lueur que Lise ne leur connaissait pas.

- Ça s'appelait *La Liste de Schindler*, c'est un film sur la guerre et comment un monsieur a sauvé des centaines de personnes. J'y suis allé en sortant de mes opérations avant d'aller faire mes visites.

- T'es allé voir un film de guerre avec ton amoureuse ? S'exclama la gamine perplexe.

Lise regarda son frère, le rose lui montait aux joues. Il semblait gêné mais ne voulait pas se dédouaner devant Charlotte. Elle sourit quand elle l'entendit bégayer en triant ses haricots avec sa fourchette.

- Ce n'était pas un film de guerre et c'est pas... Ce n'est pas mon amoureuse. Et on n'y est pas allé ensemble ! Finit-il par répondre.

* * *

Charlotte s'amusait bien. Elle aimait beaucoup voir Paul gêné par ses remarques et ne voulait pas s'arrêter. Sans sourire elle continua :

- Mais t'as dit que...

- J'ai dit que je l'avais vue là-bas, la coupa froidement Paul en posant violemment sa fourchette. Pas que j'y étais allé avec elle.

Charlotte regarda sa mère en la prenant à témoin. Lise sourit avant de trancher :

- Il a dit qu'il l'avait croisée, mais peut-être qu'ils iront ensemble au cinéma un jour. Tu aimerais Paul, aller au cinéma avec… ?

- Émilie, compléta rapidement Paul, avant de lever les yeux en se rendant compte à quelle vitesse il avait terminé la phrase de sa sœur. Il rougit encore en baissant les yeux. Elle s'appelle Émilie.

Charlotte ne reconnaissait pas son oncle, ce vieux docteur morne et sans intérêt s'était transformé en quelques heures en cuisinier romantique, allant au cinéma entre deux opérations. Elle ne comprenait pas comment il avait pu changer du tout au tout. Elle avait déjà entendu des histoires où les gens changeaient par amour, mais, même du haut de ses sept ans, elle se rendait compte que ces changements étaient trop rapides, surtout pour Paul. Elle ne comprenait pas comment un homme comme son oncle avait, en une semaine, trouvé quelqu'un qui le faisait bégayer alors qu'auparavant il n'aimait personne et critiquait tout le monde. *« Paul serait-il en train de devenir un aventurier des temps modernes ? »*, ne put s'empêcher de penser Charlotte.

- Pourquoi pas, oui… Pourquoi pas aller au cinéma avec elle, répondit Paul à Lise. Mais pour l'instant, c'est juste une infirmière qui travaille dans la même clinique que moi. Je ne saurais pas trop comment l'inviter au cinéma…

Charlotte ne comprenait pas l'embarras de Paul. *« Les relations entre adultes sont décidément bien compliquées »*, pensa-t-elle.

* * *

Charlotte était partie se coucher. Ravie du moment qu'ils avaient passé tous les trois, Lise terminait de mettre les assiettes dans le lave-vaisselle pendant que Paul finissait son verre de vin accoudé au bar de la cuisine :

- Cette Émilie, elle t'intéresse, pas vrai ? Finit-elle par demander.

Paul se redressa, avec un regard choqué. Même s'ils n'avaient jamais réellement été complices, il arrivait que Lise lise en son frère comme dans un livre ouvert, et là, elle le savait, il voulait lui parler de cette femme. Il posa son verre de vin et regarda ses chaussures.

- Je me demande depuis quelque temps si je veux finir ma vie seul, répondit Paul. Toi tu as Charlotte, Papa et Maman sont toujours ensemble, mes collègues ont tous une famille, des amis sur lesquels compter… Moi je n'ai rien, ni personne. Enfin, tu es là, je le sais, mais on sait tous les deux que notre relation fraternelle est loin d'être idyllique…

Lise approuva d'un signe de tête, elle devait admettre que la franchise de Paul avait un certain panache.

- J'ai pris conscience que j'avais envie de plus, plus que mon travail, plus que les proches que j'ai déjà. J'ai envie… D'aventure, termina t-il, honteux.

Il se gratta la nuque nerveusement avant d'ajouter doucement, l'air gêné :

- C'est ta fille qui m'a fait comprendre ça, à la plage...

Il avait dit cela à voix tellement basse que Lise avait eu peine à entendre la fin de sa phrase.

- En y réfléchissant j'ai compris que la vie, si on la vit seul, peut manquer un peu de cette aventure. Et c'est exactement à ce moment-là qu'Émilie est entrée dans la mienne.

Paul continua à parler, les yeux dans le vague :

- Un hasard ou le destin, je n'en sais rien… Mais toujours est-il que… Oh, tu sais, elle est tellement belle, elle a l'air si intelligente, drôle…

Paul leva les yeux et bu une gorgée avec cet air de fausse-modestie qui lui allait si bien avant d'ajouter :

- Et je pense que je lui ai vraiment tapé dans l'œil…

Lise haussa les sourcils, étonnée. Elle ne put s'empêcher d'être jalouse au fond d'elle. Elle avait souvent tenté de faire comprendre à Paul qu'il serait temps pour lui de rencontrer quelqu'un et, quant à elle, cela faisait des mois qu'elle enchaînait les rendez-vous dans l'espoir d'enfin trouver quelqu'un de bien. Il arrivait qu'elle laisse Paul et Charlotte seuls pour pouvoir aller à ses rendez-vous et ces deux-là étaient devenus tellement complices que SA fille avait ouvert les yeux de SON frère à propos de la vie. Que SA fille avait enfin donné envie à SON frère de rencontrer quelqu'un et que justement, c'était le cas. Il avait rencontré une femme.

- Ah... Il n'y a plus qu'à alors ? Demanda Lise sur un ton faussement enjoué.

Son frère sourit fièrement et porta à nouveau son verre à ses lèvres.

Paul était rentré chez lui. Sous la douche Lise ne pouvait s'empêcher de repenser à son frère et à la chance qui lui avait toujours souri. Il avait toujours plu aux femmes et, même s'il ne lui en avait jamais parlé, Lise était persuadée qu'il en jouait sans pour autant sérieusement chercher une femme avec qui il partagerait sa vie. Il avait un métier extraordinaire : il sauvait des vies, était grassement payé pour cela et ne cessait de s'en vanter avec une fausse-modestie insupportable.

Lise de son côté avait eu elle aussi une période où tout lui souriait. Mais depuis qu'Antoine les avait quittées elle et Charlotte sans explication tout semblait sombrer. Elle avait été obligée de reprendre un des appartement de ses parents, de trouver un travail qu'elle détestait mais qui lui permettait d'élever seule sa fille et d'enchaîner les rendez-vous galants dans l'espoir de retrouver un homme qui l'aiderait, l'aimerait et aimerait sa fille. Elle cherchait très activement depuis des mois sans jamais trouver cette perle rare, alors que de son côté Paul avait mis la main sur quelqu'un et ce, sans même le vouloir profondément.

Lorsqu'elle se coucha Lise se dit que, d'un autre côté, Paul avait tout pour séduire, et que ce n'était pas étonnant qu'il trouve quelqu'un aussi facilement. Contrairement à elle, qui n'était qu'une petite infirmière d'un âge déjà avancé dans un collège miteux, avec un enfant.

Elle tenta de s'endormir en pensant qu'elle était contente pour son frère, en vain.

* * *

Rentré chez lui, Paul se sentait libéré d'un poids. Il était heureux d'avoir livré son secret à sa sœur, il savait qu'elle serait là pour l'épauler et le guider. De plus, il en était sûr, Charlotte avait écouté leur discussion à travers sa porte de chambre et elle prendrait enfin conscience qu'il était un véritable aventurier des temps modernes. Il voulait prouver à cette enfant que sa vie en valait la peine et n'était pas si morose qu'elle le sous-entendait.

Il était content de savoir Lise heureuse pour lui. Il savait que les dernières années n'avaient pas été faciles pour elle et il se disait que l'entendre parler de conquérir Émilie pouvait donner à sa sœur l'impression de participer à cette aventure, par procuration. Il s'était attardé dans la vie de sa sœur le temps d'un repas et la trouvait triste, voire pathétique. Le regard de Lise lui donnait l'air de constamment s'excuser, s'excuser de vivre, de respirer, de parler. Avec son histoire concernant

Émilie, il espérait donner à sa sœur une raison de parler, de donner son avis ; il espérait revoir cette lueur dans ses yeux quand il avait parlé d'Émilie.

Une fois couché, il pensa à nouveau à Émilie. Émilie… Il la revoyait mettre sa mèche de cheveux derrière son oreille, son sourire gêné, ses yeux brillants et malicieux… Il prit son téléphone et rechercha *emi_dln*. Il regarda une à une ses photos avec attention sans se lasser de son sourire, de ses yeux, le reflet d'une âme pétillante, pleine de vie. Ses cheveux attachés, au vent, tombants. Son corps, au ski, en ville, à la plage.

Il s'arrêta sur cette photo d'elle, allongée sur une plage de sable blanc face à une mer turquoise. Elle portait seulement un maillot de bain noir deux pièces. Paul ne devinait pas ses formes, il les voyait et les aimait. Il voulait la voir de plus près, la toucher, sentir sa peau contre la sienne. Plus il s'attardait sur cette photo, plus il avait l'impression de sentir la chaleur de sa peau, sentir la beauté de son corps. Au travers de son écran, il sentait l'odeur de son parfum, un parfum enivrant qui le suppliait alors de la serrer dans ses bras aussi fort qu'il le pourrait.

Non. Paul éteint son téléphone dans la hâte. Quand il verrait Émilie comme cela, ce serait pour lui et uniquement pour lui, pas pour les réseaux sociaux. Il se détestait d'avoir passé tant de temps sur cette photo, d'avoir pensé tant de choses. Il attendrait qu'Émilie se donne à lui, étudier son corps il le ferait en vrai et non au travers d'un écran.

* * *

Émilie n'arrivait pas à dormir. Elle pensait à Monsieur Calldet. Le personnage que lui avaient dépeint ses collègues n'était pas du genre à aller voir des rediffusions de films au cinéma en plein milieu d'une journée de travail. Elle se mit à penser que peut-être il l'avait suivie de la même façon qu'il l'avait suivie sur les réseaux sociaux. Elle balaya cette idée car après tout, c'était elle qui l'avait cherché en première sur les réseaux, il ne pouvait pas être un fou obsessionnellement attiré par elle.

D'après le portrait qu'en avait fait ses collègues, il n'était pas non plus du genre à s'encombrer le cerveau en retenant les noms de ses infirmières. Pourtant il avait utilisé le sien, deux fois. Émilie était perdue, elle ne savait pas quoi penser de ce Monsieur Calldet. Il était peut-être un peu plus profond que ce que ses collègues disaient de lui. Avant de le rencontrer elle le voyait comme un chirurgien pourri gâté dans son enfance, devenu imbu de sa personne et fier de ce qu'il était. Mais maintenant qu'elle l'avait croisé, qui plus est en dehors de la clinique, elle ne savait que penser de lui et c'est ce qui rendait son personnage déroutant.

« Il répond au téléphone au cinéma… Et ne s'en excuse pas ! », se souvint Émilie. Il avait dû la prendre pour une demeurée en la voyant pleurer à chaudes larmes seule au cinéma. Il l'avait vue aller seule au cinéma…

- Qui va seul au cinéma ? S'exclama-t-elle à voix haute.

Il allait penser qu'elle était une vieille fille qui n'avait rien à faire avec personne de ses jours de congés. Puis elle se rappela avec soulagement qu'il était lui aussi allé seul au cinéma.

Elle se tourna et retourna dans son lit en pensant à tout cela. Et une fois de plus, elle termina sa réflexion en se demandant pourquoi elle accordait autant d'importance à l'avis que pouvait avoir un médecin à son propos. Elle chassa ces idées d'un geste de la main, respira calmement et se rappela ces moments qu'elle avait passés dans des pays perdus, seule, et à quel point elle avait aimé sa solitude à ces instants. Ces souvenirs et le sentiment de plénitude qui y était associé s'emparèrent peu à peu d'elle, elle ferma les yeux et s'endormit. Monsieur Calldet et son avis étaient alors très loin.

Chapitre IV
LA VOLONTÉ PROFONDE DERRIÈRE LE SOURIRE D'ANGE

Élégie, C mineur, Op. 24
Gabriel Fauré

Émilie travaillait à la clinique depuis près de deux mois, elle avait vu ses collègues prendre tour à tour des vacances d'été, sans avoir le droit de poser aucun congé. Au début de son contrat, sa cadre le lui avait expliqué en lui parlant de *« flux tendu »*, de *« dernière arrivée »*, de *« congés à retardement dans le privé »*. En effet, Madame Durand s'était justifiée comme elle avait pu pour faire comprendre à Émilie qu'elle n'était pas encore légitime concernant les congés de juillet et d'août. Émilie le comprenait parfaitement, ce qu'elle comprenait en revanche nettement moins, c'était le stress que cela engendrait chez sa cheffe.

- J'en suis vraiment désolée, Émilie, mais tu comprends, je n'ai pas le choix…

- Je sais, je sais ne vous inquiétez pas Madame Durand, avait répondu Émilie. Je suis la dernière arrivée, je n'ai pas d'enfants, on est à peine en nombre. Ne vous inquiétez pas, répéta-t-elle, je n'allais pas vous demander de congés ces deux mois-ci. Mais je vous avoue que je commence à fatiguer et si je pouvais avoir quelques jours de repos au mois de septembre pour m'évader un peu…

La cadre ne laissa pas à Émilie le temps de finir sa phrase :

- Merci de le comprendre si bien, tu sais bien que si j'avais pu je t'aurais donné des congés en été…

Terriblement stressée, elle parlait vite en agitant ses mains dans une gestuelle absurde.

- On va regarder le planning de septembre ensemble et tu vas poser des jours de suite, ça te va ? Continua-t-elle.

Émilie n'avait pas réellement eu le temps de répondre, elle avait été traînée dans le bureau de sa cheffe pour poser des jours de repos à la fin de l'été.

- Tu pourras profiter de l'été indien, avait lancé Madame Durand avec un faux accent et une danse qui se voulaient drôles et exotiques, mais qui ne suscitèrent chez Émilie qu'un rire gêné. Tu sais si tu voudrais partir quelque part ?

Émilie n'avait pas vraiment étudié la question ne pensant pas que ses congés seraient acceptés. Elle n'avait aucune idée de sa destination, mais voyant le regard avide de réponses de sa cadre, elle lâcha, sans savoir pourquoi :

- Euh… La Bulgarie ?

Quelques semaines plus tard, Émilie se surprit à chercher des vols pour la Bulgarie. Ce qui avait semblé être une réponse hasardeuse se transformait au fil de ses recherches en véritable périple. À chacun de ses voyages, Émilie se persuadait avant de partir qu'il s'agirait des meilleures vacances de sa vie et faisait tout par la suite pour se donner raison.

Les dernières semaines de travail avaient été éprouvantes. Les retours respectifs de vacances des chirurgiens et anesthésistes l'avaient obligée à se présenter au moins une fois par jour. Malgré cela, aucun des médecins ne l'appelaient par son prénom, elle était qualifiée au mieux comme « *la nouvelle* », au pire par un simple soupir. De plus, les congés de ses collègues l'obligeaient à travailler d'autant plus, elle avait le sentiment d'avoir passé ses deux mois d'été enfermée à la clinique. Alors son voyage en Bulgarie, elle le méritait.

* * *

Paul inspira fort et poussa la porte, à chaque fois qu'il entrait dans le service de soins intensifs il espérait désormais y trouver Émilie. Depuis son retour de vacances il l'avait beaucoup vue dans le service et il avait le sentiment qu'ils commençaient à tisser des liens particuliers.

Il avança dans le service et ne vit personne :

- Infirmière ? Appela t-il agacé.

Il attendit encore un peu avant que la porte d'une chambre daigne de s'ouvrir, en sortit une silhouette blanche. Il la regarda avec attention et la reconnut. Émilie portait un masque et un calot, couvrant ainsi son incroyable sourire et ses magnifiques cheveux blonds indomptables, le blanc de sa tenue faisait ressortir le vert de ses yeux. « *Belle. Même calottée, masquée.* ». Paul sourit avec nonchalance avant de dire :

- Bonjour Émilie.

Il vit ses yeux lui répondre par un bref sourire, elle lui répondit rapidement :

- Bonjour. Je suis désolée Monsieur Calldet, on est sur un pansement…

- Prenez le temps de terminer Émilie, la coupa-t-il en regardant sa montre, je vous attends.

Paul détestait attendre, il détestait qu'on l'ampute de son titre en l'appelant « *Monsieur* ». S'il avait s'agit d'une autre infirmière, il le lui aurait fait comprendre. Mais pour Émilie il se permettait quelques entorses à sa façon d'être et elle s'en rendait compte, il le savait.

* * *

Émilie referma la porte et se désinfecta à nouveau les mains. Valérie, sa collègue brune entre deux âges, tenait la jambe du patient pour qu'Émilie ait le champ libre pour terminer la réfection d'un pansement derrière le genoux.

- *Infirmière ?* Singea t-elle avec sa voix éraillée. Ça c'est le Docteur Calldet ou je ne m'y connaît pas.

Valérie travaillait dans le service depuis près de dix ans, elle connaissait les locaux, les équipements et les pathologies mieux que certains médecins et ne s'en vantait pourtant jamais. Les chirurgiens faisaient bien comprendre qu'ils aimaient travailler avec elle et qu'ils lui faisaient confiance. Parfois, Émilie se demandait combien de temps cela lui avait pris pour obtenir cette reconnaissance de la part du corps médical, d'autres fois elle espérait ne jamais rester assez longtemps pour l'obtenir.

- On va se dépêcher de terminer ça si le Docteur Calldet veut faire sa visite, dit-elle plus sérieusement.

- Il a dit qu'on pouvait prendre notre temps, répondit Émilie sans conviction en assemblant minutieusement ses compresses avec ses pinces.

Valérie se redressa.

- *Prendre notre temps,* répéta-t-elle. Il dit ça parce que c'est toi, t'as un ticket avec le Docteur Mamour, dit-elle malicieusement en faisant glousser de rire le patient qui avait toujours sa jambe en l'air.

Émilie, imperturbable, continuait de préparer son pansement pour n'avoir plus qu'à le coller. Elle ne leva pas les yeux vers sa collègue quand elle répondit avec son ton monocorde et concentré :

- Non, c'est parce qu'il a du respect pour les vieilles infirmières comme toi.

Valérie, moitié vexée, moitié amusée, répondit en adressant un clin d'œil au patient :

- Ce serait bien la première fois ! Non, c'est pour tes beaux yeux qu'il fait ça je te le dis !

Émilie plaça délicatement son pansement sur la cicatrice, elle leva alors les yeux vers son patient :

- Vous en pensez quoi vous ? Lui demanda elle amusée.

Le patient se gratta la moustache et remonta ses lunettes comme s'il s'agissait d'une réflexion primordiale pendant que Valérie reposait délicatement sa jambe sur le lit.

- Faites-le rentrer pour voir ? Demanda t-il avec un sourire malin, laissant paraître ses dents jaunies par le tabac.

* * *

Paul sentait sa jambe trembler d'impatience. Quand il commença à se demander s'il appréciait plus Émilie qu'il ne détestait attendre, la porte de la chambre s'ouvrit le coupant dans sa réflexion. Émilie en sortit tout en retirant son masque et son calot, des mèches de ses cheveux blond tombèrent désordonnées sur ses tempes malgré sa queue de cheval. Paul ne pu empêcher un sourire de se former sur son visage. Il en prit conscience quand Valérie, la vieille infirmière du service, passa la tête par l'entrebâillement de la porte en disant de sa voix de crécelle :

- Bonjour Docteur Calldet ! Vous allez bien ?

Paul senti son sourire fondre, il n'avait soudain plus envie de parler :

- Mmmmh… Par où on commence ? Demanda t-il froidement.

- Juste ici, Monsieur Di Vamo, répondit Valérie avec un grand sourire en tendant un bras vers la chambre dans laquelle elle se trouvait déjà à moitié avant d'y entrer à nouveau complètement.

Paul fit quelques pas et se retrouva à quelques centimètres d'Émilie qui triait son matériel. Presque le nez dans sa chevelure, il pouvait sentir son odeur. Il prit une grande inspiration et se sentit voyager, partir loin avec elle, il résista à l'envie de mettre ses bras autour de son corps. Cela ne dura qu'un instant, un merveilleux instant qu'il écourta en parlant doucement.

* * *

- Je vous suis Émilie, dit une voix rauque derrière elle.

Elle ne pu s'empêcher de sursauter, Émilie n'avait pas entendu Monsieur Calldet s'approcher d'elle. Maintenant qu'elle le savait elle ressentait sa présence comme un poids sous lequel elle sentait presque son dos se courber. Elle s'empressa de terminer de jeter son matériel, s'aspergea les mains de solution hydroalcoolique et se retourna rapidement tout en se frottant les mains. Elle sentit ses cheveux gifler le médecin, fit comme si elle n'avait rien vu mais s'imagina lui avoir donné cette gifle avec sa paume.

- Alors allons-y, dit-elle en se glissant dans la chambre.

Émilie écoutait à peine quand Valérie résumait le patient et sa situation au chirurgien. Elle sentait encore le souffle de Monsieur Calldet sur sa nuque, sa présence derrière elle. Elle regardait le médecin dire à son patient que son pontage lui avait sauvé la vie et elle ne pouvait s'empêcher d'admirer son assurance. Le regard d'Émilie était attiré par ses yeux, elle voulait savoir ce qu'il y avait derrière ces yeux, sombres et profonds. Étaient-il le reflet d'une âme profonde ou d'une âme sombre ? Était-il un jeune homme à la recherche d'une personne avec qui partager des choses ou un garçon sans cesse à la recherche de nouvelles conquêtes ?

Au beau milieu de ses interrogations Monsieur Calldet la regarda, plongeant ses yeux noirs au fond de son âme. Elle se sentit très mal à l'aise et détourna le regard quand il lui sourit.

* * *

En sortant de la chambre de Monsieur Di Vamo, un patient vasculaire typique, fumeur et alcoolique, ce dernier lança de sa voix rocailleuse :

- Une dernière chose !

Paul et les deux infirmières se retournèrent, le teint huileux et la petite moustache sale et mal rasée du patient laissait pourtant deviner qu'il souriait :

- Je crois en effet qu'il vous aime bien… Dit-il dans un murmure qui se voulait être comme une confidence publique à Émilie.

Paul se tourna vers elle étonné, avec un large sourire. Elles avaient donc parlé de lui en se demandant ce qu'il pensait d'elle. Il regarda Émilie, les joues rougissantes elle tenta de faire paraître sa gêne pour de l'humour quand elle répondit :

- Mais Monsieur Di Vamo, qui ne m'aimerait pas ?

Ils rirent tous avant de sortir de la chambre, Paul derrière Émilie était une fois de plus plongé dans son odeur.

* * *

Émilie détestait ces patients qui se mêlaient de tout. Qu'allait penser Monsieur Calldet ? D'abord le like sur Instagram et maintenant un patient qui lance ce genre de phrase comme une bouteille à la mer. Bien sûr, qu'elle avait rougit, bien sûr, tout le monde l'avait vue rougir et bien sûr, tout le monde allait penser qu'il s'agissait là d'un aveu ; alors qu'elle était simplement gênée par la situation. *« Qui ne serait pas gêné ? »*, se demanda-t-elle.

Elle eu du mal à suivre le reste de la visite, repensant au volt-face qu'avait fait Monsieur Calldet en entendant cela et au sourire stupide et plein de dents qui avait fendu son visage.

* * *

Ils sortirent de la dernière chambre et Émilie lança à la patiente un *« à tout à l'heure »* complice qui fit doucement sourire Paul. Les deux infirmières retournèrent à leur paillasse de travail. Quand Émilie passa devant lui, il prit une nouvelle inspiration pour partir avec son odeur en tête. L'une derrière son bureau à taper sur l'ordinateur les comptes rendus des visites, pendant qu'Émilie préparait les perfusions à changer à midi il s'accouda à la paillasse, face à Émilie et commença à dire :

- Ah… Beaucoup d'opérations ces derniers temps… Ça doit vous donner du travail, j'en suis désolé.

Émilie ne le regarda pas, elle était occupée à préparer tous les programmes de perfusion de ses patients, mais elle fit tout de même l'effort de lui répondre :

- Ne vous inquiétez pas pour nous, on est justement là pour travailler, puis elle se tourna, toujours sans le regarder, vers l'armoire à pharmacie pour s'emparer de cinq grosses ampoules brunes.

- Et Émilie ça lui est égal, elle est en vacances ce soir ! Lâcha la vieille voix du côté de l'ordinateur.

Paul n'accorda pas un regard à Valérie. Il se redressa et regarda Émilie, toujours de dos. *En vacances ?* Combien de temps serait-elle absente de la clinique ? Il fit mine d'être ravi de la nouvelle :

- Oh, en vacances ! Très bien, vous partez quelque part ?

Émilie se tourna vers lui, ses cheveux fouettant l'air. Ravie, elle lui répondit en souriant :

- En Bulgarie, oui !

Ce sourire de ravissement prouvait à Paul qu'elle était heureuse de l'attention qu'il lui portait. Ses pommettes formées par sa joie éblouissaient Paul, la voir comme cela, lui donnait envie de lui prendre la main et de l'embrasser.

- La Bulgarie ? S'exclama-t-il, curieux. C'est un vrai pays ça ?

Émilie rit :

- Hé oui, juste au-dessus de la Grèce, entre l'Albanie et la Turquie, dit-elle en continuant de préparer ses perfusions.

Devant le regard incrédule de Paul, Émilie ajouta :

- Je me suis renseignée.

Il était subjugué. En plus d'être belle, elle était pleine de surprises. En discutant avec elle, Paul avait le sentiment de ne plus toucher terre, il voulait parler indéfiniment de tout et de rien avec Émilie pour toujours.

* * *

Elle était si fatiguée d'avoir travaillé à la clinique tout l'été et elle était tellement heureuse de partir séjourner dans un pays si peu connu, qu'Émilie en aurait parlé à n'importe qui. Elle avait répondu avec entrain car elle adorait plus que tout parler de voyage et d'aventure, elle n'avait pas réalisé tout de suite qu'elle avait lancé un grand sourire directement à Monsieur Calldet.

- Il y a des montagnes, la mer, une culture dont on ignore tout… Dit Émilie sans lever les yeux vers Monsieur Calldet.

- Et vous partez combien de temps ? Demanda le médecin avec un sourire intéressé.

- Une semaine seulement, répondit Émilie avec une moue déçue. J'aime bien partir dans les endroits que personne ne connaît, continua Émilie. C'est un peu comme partir à la découverte d'un pays mystérieux. C'est l'aventure !

Monsieur Calldet baissa les yeux avec un sourire vague, il fit le tour de la paillasse et se posta juste devant Émilie. Elle posa sa seringue quand il posa une main sur son épaule. Il plongea à nouveau ses yeux dans les siens. Ce sentiment de gêne et d'inconfort s'empara à nouveau d'elle :

- Alors je vous fais la bise et vous souhaite de bonnes vacances, dit-il de sa voix rauque en approchant son visage d'elle.

Elle se sentait prise dans un piège, gênée elle eu peine à respirer et parla difficilement.

* * *

- Merci Monsieur Calldet.

Émilie avait dit cela dans un murmure. Paul sentait qu'elle avait voulu construire une intimité entre eux de par ce murmure, il ne voulait pas percer cette délicate bulle qui s'était construite autour d'eux, c'était cela son aventure à lui. Quand il se recula, leurs regards se croisèrent, l'intensité de ce moment était électrique. Il ne comprenait pas ce qui était en train de se produire, mais il le sentait, Émilie était en accord avec lui. Ne voulant pas briser la magie de cet instant il dit doucement :

- Arrêtez, appelez-moi Paul.

Soudain, comme une aiguille perçant leur bulle, il sentit le regard de Valérie se poser sur eux, au même moment Émilie se recula et baissa les yeux. Tout avait éclaté, la magie de l'instant avait disparu et pourtant, Paul souriait.

* * *

- Bah alors, appelle-le Paul ! Dit Valérie à Émilie avec un sourire moqueur une fois que Monsieur Calldet était parti.

- Je l'appellerai moins Paul que je l'appelle Docteur, répondit Émilie froidement.

Sa collègue la regardait, incrédule.

- Ça te gêne qu'il se comporte comme ça avec toi ?

- C'est pas mon pote, c'est pas mon frère, c'est pas mon mec et j'ai pas envie qu'il le devienne. Donc oui, ça me gêne un peu... Dit Émilie qui ne comprenait même pas pourquoi elle avait à se justifier.

Valérie ne semblait pas comprendre.

- Il est beau gosse, intelligent, riche... Lista-t-elle en énumérant ces qualités sur ses doigts. Et il a quand même une prestance, tu ne trouves pas ?

- Peut-être, dit Émilie en haussant les épaules, indifférente.

- T'es célibataire toi en plus, non ?

- Mmmh, grogna Émilie.

- Alors ? Un chirurgien comme ça, la question ne se pose même pas ! S'exclama Valérie.

Émilie regarda sa collègue et prit soudain conscience que ce qui les séparait était bien plus que quelques années. Un gouffre générationnel était creusé entre elles deux. Pour Valérie, il était inconcevable qu'une jeune et jolie infirmière résiste au charme d'un jeune et riche médecin. Pour la vieille infirmière qu'elle était, tout les poussait à être ensemble.

En rentrant chez elle, alors qu'elle tentait de suivre en pédalant le rythme effréné de Blondie chantant « *Call me* », Émilie réfléchissait. « *La question ne se pose même pas* », « *t'es célibataire toi en plus* ». La volonté profonde d'Émilie semblait accessoire. À croire que la seule chose qui justifierait le fait de repousser les avances de Monsieur Calldet aux yeux de Valérie serait un conjoint. Émilie s'épanouissait mieux que jamais depuis qu'elle avait pris la décision de n'accorder du temps qu'à elle-même sans s'encombrer l'esprit de quelqu'un d'autre et de ses désirs. Elle avait mis du temps à accepter qu'il y avait une grande différence entre le célibat et la solitude, mais cela, peu de gens le comprenaient.

Concernant Monsieur Calldet, elle était plus intéressée par le personnage social qu'il était que par l'homme, mais cela Émilie ne l'avait pas dit, car personne n'aurait compris. Elle n'avait ni besoin, ni envie d'être avec quelqu'un. Lors de ses voyages, un homme lui avait dit une fois « *l'être humain n'a besoin de personne en particulier, mais des gens en général* », depuis elle était intimement persuadée qu'elle pouvait s'épanouir en étant seule et bien entourée. Cette conviction, personne ne la partageait et elle s'en moquait. Elle était simplement bien et heureuse comme elle l'était et voulait le rester.

Monsieur Calldet semblait ne pas comprendre qu'elle ne soit pas réceptive à ses tentatives et Émilie n'oserait jamais le lui faire comprendre clairement. Il s'agissait là du chirurgien qui permettait à la clinique dans laquelle elle travaillait de faire un chiffre d'affaires conséquent. Elle imaginait bien qu'il n'avait qu'à glisser un mot à sa cheffe la concernant pour la faire virer ; malgré le « *flux tendu* », Madame Durand se plierait certainement aux exigences du Docteur Calldet notre sauveur à tous.

« *Tout cela pour un like...* », pensa Émilie en soupirant.

* * *

Charlotte était rentrée en CE1 depuis une semaine maintenant, elle avait retrouvé ses amis et heureusement, c'était la seule chose qui rendait le mois de septembre supportable. Ce vendredi soir, sa mère avait demandé à Paul de la garder et pour la première fois il avait souri en lui disant « *on ira au cinéma* ». Charlotte ne reconnaissait pas son oncle, depuis qu'elles étaient rentrées de vacances, il était aux petits soins pour elles. Il essayait de passer les voir quand il pouvait et maintenant il emmenait sa nièce au cinéma. Ils allaient donc passer la soirée juste tous les deux et, bizarrement, Charlotte prenait goût à passer du temps avec son oncle.

* * *

Lise tenait Charlotte par la main quand elle sonna à la porte de son frère, elle entendirent la voix de Paul s'élever de l'intérieur de l'appartement

« *Entrez !* ». Charlotte poussa la porte et une délicieuse odeur de fromage et de tomate prit d'assaut leurs narines :

- Une pizza ? S'exclama-t-elle avec ravissement en courant jusqu'à la cuisine.

Lise entra et ferma la porte d'entrée derrière elle, puis avança en humant l'odeur provenant de la cuisine. Elle tendit l'oreille et entendit de la musique. Arrivée à la cuisine elle vit Charlotte qui tentait d'escalader le bar pour se mettre sur une chaise haute. Paul sortit du four une grande pizza avec bien trop de choses dessus et la posa juste devant sa nièce.

- Et voilà pour notre repas Mademoiselle, attention c'est très très chaud. Tu manges une part avec nous Lise ? Demanda Paul en retirant ses gants.

Sceptique, Lise regarda son frère :

- C'est toi qui l'a faite ? Fût la seule chose qu'elle eût trouvé à dire.

Il leva ses bras en signe de victoire avec un sourire fier, Charlotte ébahie ouvrit ses yeux aussi grands que sa bouche et lâcha :

- Mais elle a l'air trop bonne !

Paul sourit à sa nièce avant d'entreprendre de découper la pizza. Lise le regardait. Il était différent depuis qu'ils étaient rentrés de vacances, plus attentionné, plus proche d'elle et de Charlotte, plus gentil. Elle ne pouvait s'empêcher de penser que cette Émilie, dont il lui avait parlé, y était pour quelque chose.

- Non, c'est gentil, je suis attendue, je ne vais pas manger avec vous, dit Lise en s'avançant jusqu'à sa fille pour poser un baiser sur son front. Bonne soirée, bon film, vous êtes sages, pas vrai ?

- Toujours sages ! Répondit Charlotte.

Lise sourit et se tourna vers son frère et lui dit :

- Merci beaucoup pour Charlotte, c'est vraiment… gentil.

- Mais je t'en prie, répondit Paul avec un sourire. Tu rentres quand tu veux, si elle dort je la porterai, t'inquiète pas.

- Je m'endors jamais, s'exclama Charlotte, offusquée.

- Non, bien sûr ! Répondit Paul amusé.

Lise regardait son frère impressionnée par le changement qui se faisait en lui. Elle ne le reconnaissait plus et était ravie de qui il était en train de devenir.

* * *

Alors qu'ils marchaient ensemble vers le cinéma, Charlotte serra un peu plus fort la main de Paul comme pour le prévenir qu'elle allait lui demander quelque chose d'important :

- Elle va bien Émilie ? Dit-elle de sa petite voix en continuant de mettre un pied devant l'autre.

Charlotte avait décidé de parler d'Émilie à son oncle car elle savait que c'était un sujet qui lui tenait à cœur. Elle savait que Paul était en train de changer, elle aimait celui qu'il était en train de devenir et se doutait qu'il le faisait pour Émilie ; par conséquent il fallait que cela fonctionne avec Émilie, sinon Paul allait redevenir l'oncle médecin grincheux qu'elle détestait.

- Elle est en vacances, elle part à la montagne je crois, répondit Paul avec un ton vague.

Charlotte leva les yeux vers lui, elle ne comprenait pas bien comment fonctionnaient les adultes, mais ce qu'elle savait, c'est qu'ils ne disaient jamais tout ce qu'ils pensaient. Papi lui avait expliqué une fois : « *Il n'existe pas assez de temps à partager sur Terre pour que les adultes puissent tous dire ce qu'ils pensent* ». Charlotte réfléchit, elle pouvait donner à Paul un peu de son temps à elle pour qu'il dise ce qu'il pensait d'Émilie.

- Tu peux m'en parler si tu veux, je peux te donner du temps, lui dit-elle.

* * *

« *Quelle gratitude...* », pensa Paul en roulant les yeux. Sa nièce de sept ans lui accordait du temps d'écoute. C'est pour cela qu'il avait toujours détesté les enfants, ils s'accordaient une importance qu'ils n'avaient pas. Mais jouant le jeu, Paul avait toujours en tête de montrer à Charlotte qu'il était capable d'aventure, de surprise et de changement :

- Merci pour votre temps, princesse, en accompagnant sa phrase d'un geste de la main qui s'apparentait à une révérence.

- Je t'en prie, c'est aussi fait pour ça la famille.

Paul se retint de penser que sa nièce était insupportable et continua :

- Alors, euh… Il ne savait pas trop quoi dire maintenant qu'il y réfléchissait. Je suis triste qu'elle soit en vacances et de ne pas la voir pendant plusieurs jours, voilà.

- Mmmh… Dit la gamine en sous-entendant qu'elle en attendait plus.

- J'ai l'impression qu'on se rapproche un petit peu, mais qu'elle à peur de moi et si elle part une semaine elle va oublier tous les efforts que je fais, dit Paul en mettant des mots sur ses craintes qu'il ne s'était jamais avouées.

Charlotte ne répondit pas, elle semblait réfléchir. Soudain elle s'arrêta, leva les yeux vers son oncle et lui dit simplement :

- Mais… Elle pourra pas oublier. Si t'es avec elle comme tu es avec nous depuis la rentrée, t'es parfait.

Touché, Paul ne savait pas quoi répondre. Sa nièce ; pour qui il n'avait toujours ressenti que du mépris et qui de son côté - il le savait - ne l'avait jamais vraiment aimé ; avait enfin compris la valeur qu'il avait. Il était beau, il le savait ; intelligent, bien sûr ; riche, sans conteste ; mais que la personne avec laquelle il était en froid depuis toujours lui avoue sa perfection cela prouvait deux choses. D'une part, la vérité sortait belle et bien de la bouche des enfants ; d'autre part, les quelques attentions qu'il leur avait portées avaient porté leurs fruits et changé l'avis de sa nièce le concernant. Elle serait un allié séduction de choix concernant Émilie.

Paul s'agenouilla et serra Charlotte dans ses bras, il avait le sentiment d'avoir gagné. Alors il sourit et regarda sa nièce :

- Tu vois, tu vas même avoir droit à du pop corn.

CHAPITRE V
DANS L'ANTRE DU ROI DE LA MONTAGNE

Peer Gynt Acte II Scène 7, I Dovregubbens hall
(Dans l'antre du roi de la montagne)
Edvard Grieg

« *Mais quel con !* », ne cessait de se répéter Paul. Cela faisait une semaine qu'Émilie était partie et elle n'avait rien posté sur les réseaux sociaux. Il n'avait pas pensé à lui demander quand elle partait, comment, avec qui… C'est seulement maintenant qu'il s'en inquiétait. Maintenant qu'il était trop tard, il se demandait si, comme il se l'était imaginé quand elle lui avait fait part de ses projets, elle était partie seule.

Tout laissait à penser que c'était une femme qui aimait se retrouver elle-même à travers un périple en solitaire, comme le sous-entendait les photos qu'elle avait postées de son voyage en Inde, de son voyage en Amérique du Sud.

« *Mais quel con !* », même s'il en était persuadé, une partie de lui ne parvenait pas à écarter l'idée qu'elle avait sûrement dû partir avec quelqu'un. Il la voyait parler avec frénésie de son voyage, un grand sourire aux lèvres. Il avait été aveuglé par la lueur dans ses yeux et n'avait pas pensé un instant à lui demander si elle partait avec quelqu'un.

Il sortit son téléphone de sa poche, une nouvelle fois, ouvrit Instagram une nouvelle fois, et se rendit sur le profil d'Émilie, une nouvelle fois. Aucune story, pas de nouvelle photo. Il était partagé entre deux possibilités et ne savait pas s'il devait s'inquiéter pour elle ou la détester parce qu'elle n'imaginait pas qu'en ne donnant aucune nouvelle LUI risquait de s'inquiéter.

Il fit défiler les photos de son profil qu'il connaissait maintenant par cœur. Émilie à la plage, à la montagne. Il sentait qu'il commençait à se laisser emporter par ses songes. Ces longs cheveux blonds, ces grands yeux clairs, cette bouche généreuse. Il connaissait les traits de son visage mieux que personne et se perdait dans son regard même au travers de cette photo.

Au fur et à mesure qu'il faisait défiler ses photos, des scenarii se formaient dans sa tête. Émilie à la montagne, devenait Émilie et Paul en randonnée. Émilie à la plage laissait place à Émilie et Paul en lune de miel et cette photo avait été prise juste avant qu'il ne se roulent dans le sable blanc de cette plage en Nouvelle-Zélande. Paul les voyait, Émilie et lui s'amuser face à la mer dans un jeu enfantin excitant. Son imagination l'amenait à sentir le soleil sur sa peau, l'odeur des cheveux d'Émilie, ses yeux qui le regardaient comme s'il était le seul qui comptait, la chaleur de son corps contre son torse, ses lèvres qui l'appelaient sans rien dire avant de lui murmurer : « *J'ai envie de toi* ». Les yeux fermés, Paul souriait, il sentait sa respiration s'accélérer et sa propre main descendre le long de son torse alors que, dans son esprit, la main d'Émilie glissait sur son corps dans une caresse sensuelle.

Il était loin, transporté dans un rêve de plus en plus réel quand on tambourina à sa porte. Il poussa un long soupir en ouvrant les yeux et en laissant tomber ses bras le long de son corps. Il sortit avec difficulté son corps lourd du canapé et se dirigea lentement vers la porte, trop lentement car on cogna une nouvelle fois avec insistance :

- J'arrive ! Grogna-t-il en posant sa main sur la poignée.

Il ouvrit la porte et sa nièce Charlotte se tenait là, avec un grand sourire elle lui tendit à bout de bras une assiette recouverte maladroitement d'un aluminium en disant pleine de joie :

- C'est pour notre goûter !

Paul ne s'attarda pas sur les nattes ridicules de Charlotte, il remarqua à peine l'assiette ébréchée qu'on devinait sous l'aluminium froissé et oublia aussi vite que cette enfant l'avait coupé dans son élan de sensualité solitaire.

Il aurait besoin de sa nièce alors il mis son masque d'oncle parfait et sourit.

* * *

En rentrant du cinéma, son oncle lui avait dit que si elle ne savait pas quoi faire de son samedi après-midi pluvieux, elle pourrait toujours venir regarder un dessin animé chez lui. Charlotte avait alors demandé à sa mère de l'aider à faire un gâteau. Elle était heureuse d'aller chez Paul, déjà parce que sa télé et son canapé étaient immenses, mais aussi parce qu'il était de plus en plus gentil et drôle avec elle.

Quand il ouvrit la porte, Charlotte sut tout de suite que Paul était lui aussi heureux de la voir et son sourire en était la preuve.

- J'ai cru que tu m'avais oublié ! Dit Paul à sa nièce en s'emparant de l'assiette qu'elle lui tendait.

Charlotte passa devant son oncle pour entrer dans son appartement. Elle sentait ses deux nattes sauter sur son dos à chacun de ses pas.

- C'est les grands qui oublient, les enfants se souviennent de tout, toujours, c'est pour ça qu'on dit que la vérité sort de la bouche des enfants. Dit-elle en sautant sur le canapé de son oncle. C'est Papi qui dit ça.

Paul s'avança jusqu'à la cuisine, Charlotte l'entendit prendre assiettes et couverts. Il s'approchait du canapé les mains chargées et lança avec un sourire :

- Il dit beaucoup de choses Papi, hein…

- Ça c'est sûr ! Enchaîna Charlotte. C'est parce que c'est un aventurier, ceux qui ont vécu pleins de choses ils peuvent dire pleins de choses on les écoutera toujours !

* * *

Paul haussa les sourcils. Sa nièce avait le don de le dérouter en sortant de nulle part des phrases venues d'ailleurs. Il n'était pas ravi de sa présence, pas même vaguement content de la voir, mais il devait rester aux yeux de sa nièce cet oncle qu'elle aimait tant.

- Ça va à l'école ? Demanda Paul en coupant à sa nièce une part de gâteau.

Charlotte s'empara du premier morceau sans même laisser à son oncle le temps de s'en couper une pour lui. Il ne dit rien et prêta l'oreille à sa nièce tandis qu'il s'installait dans son canapé avec sa part en notant silencieusement chaque miette que laissait tomber la gamine.

- Ça va ! On va aller visiter l'opéra la semaine prochaine ! Répondit Charlotte la bouche pleine.

- Sur la Place Stan ? Mais quelle chance tu as, s'exclama Paul faussement enjoué.

Il ne comprenait pas qu'on emmène des enfants de sept ans visiter des endroits extraordinaires que eux trouveront sans intérêt et dont ils ne garderont qu'un pâle souvenir.

* * *

Charlotte se fichait bien de l'opéra, à cet instant ce qui l'intéressait était d'avoir des nouvelles d'Émilie. Elle ne la connaissait pas, mais elle s'était persuadée en son for intérieur que c'était d'elle dont dépendait la relation qu'elle avait avec son oncle. C'est pourquoi Charlotte savait, du haut de son jeune âge, qu'elle devait pousser Paul pour qu'il obtienne d'Émilie ce qu'il désirait. Paul heureux, Lise, sa mère, le serait aussi; cette pensée suffit à donner à Charlotte le courage de demander :

- Elle est revenue de vacances Émilie ?

Elle planta son regard dans celui de Paul et aperçut un bref instant une lueur qu'elle connaissait bien maintenant. Paul la regarda, interdit.

* * *

Paul ne répondit rien, il avait trop peur de bégayer. Il détestait être désarmé et il détestait encore plus quand il l'était par sa nièce de sept ans. Il pensa aux esprits simples qui l'avaient élevée et ne comprenait pas d'où lui venait cette franchise et cette facilité d'expression. L'espace d'un instant il repensa aux repas qu'il avait dû endurer avec ses deux parents, Antoine et Lise, ces dîners qui semblaient durer une éternité parce qu'il était le seul à parler, le seul à être intéressant. Mais alors de qui Charlotte avait-elle hérité son aisance ? Perdu dans ses pensées et dans les yeux de sa nièce, Paul se surprit soudain à ressentir une fascination nouvelle pour elle.

Les sourcils de la gamine se haussèrent quand elle sembla juger son attente trop longue. Paul détacha son regard de celui de sa nièce et regarda ses pieds en cherchant ses mots qui lui vinrent plus simplement qu'il ne se l'était imaginé :

- Non, elle est toujours en vacances.

« *Et je ne sais pas encore pour combien de temps, ni avec qui d'ailleurs.* », pensa t-il en son for intérieur. C'est pourquoi il répondit avec fermeté et un regard dur à la question de Charlotte :

- Elle revient quand ?

- Je ne sais pas, Charlotte.

***

Elle avait touché un point sensible. Charlotte avait imaginé que son oncle était tout de même proche d'Émilie mais elle constatait qu'elle s'était trompée. Il fallait que Paul travaille là-dessus, il s'agissait maintenant de lui en faire prendre conscience.

- Pourquoi tu ne lui demandes pas ? demanda innocemment Charlotte en reprenant à pleine main un morceau de gâteau.

Elle sentit le regard de Paul se poser sur elle, elle se redressa et lui sourit, voyant à son regard incrédule et ses sourcils froncés qu'il ne semblait pas disposé à lui répondre elle continua :

- Tu lui demandes juste si elle s'amuse et tu lui dis que tu aimerais la revoir bientôt.

Elle mâcha longuement son gâteau avant d'ajouter :

- Moi j'aime bien quand on me dit ça, je dois pas être toute seule à aimer ça.

* * *

Paul détestait les enfants, leur franchise, leur incapacité à voir les difficultés de la vie, leurs logorrhées, leur voix trop aiguë, leur façon de parler. Et tout ce qu'il détestait à propos des enfants semblait avoir été concentré dans sa nièce. Il détestait sa nièce et se fit violence pour ne pas le montrer et faire en sorte de répondre le plus calmement possible :

- Charlotte, ça marche pas comme ça chez les adultes. On ne peut pas dire comme ça aux gens qu'on « *aimerait les revoir bientôt* ».

Charlotte haussa les sourcils dans un air d'incompréhension. « *Les enfants comprennent bien peu de choses* », ne pu s'empêcher de penser Paul.

- Donc… Commença la gamine dans un effort de concentration, on ne peut pas mentir, mais on a pas le droit non plus de dire la vérité ?

- Comment ça ? Demanda Paul.

* * *

« *Les adultes ne comprennent jamais rien* », pensa Charlotte. Elle se redressa dans le canapé, regarda Paul dans les yeux et, très sérieuse, lui expliqua :

- Mentir c'est mal, tout le monde le sait, Paul approuva d'un hochement de tête peu concerné. Mais là tu m'expliques que tu ne peux pas dire à Émilie que tu as envie de la revoir.

- Charlotte… Tenta de la couper Paul.

- Mais c'est la vérité ! Enchaîna Charlotte sans se préoccuper de son oncle. Tu veux la revoir, alors dis-le lui, elle sera contente moi je suis sûre.

Paul la regardait l'air songeur. Il semblait être sur le point de basculer et d'écouter son conseil, Charlotte ajouta donc :

- Et… Si elle est contente, peut-être que ça veut dire qu'elle aussi a envie de te revoir, non ?

* * *

Émilie profita de son dernier jour en Bulgarie pour s'accorder du temps pour elle. Elle avait eu la chance de glaner des informations et des conseils auprès des habitants. Émilie avait, la veille, passé la soirée avec une étudiante en œnologie fascinée par le fait qu'Émilie venait de France pour visiter son pays. C'est grâce à elle qu'Émilie avait appris l'importance de la culture du vin en Bulgarie. Petia, l'étudiante, l'avait convaincue qu'elle ne pouvait pas quitter le pays sans déguster le vin Bulgare avant.

- Il n'est peut-être pas aussi bon que votre vin français, avait ajouté Petia dans un anglais à l'accent soviétique. *Mais, en bonne française, il faut que tu le goûtes !*

Émilie s'était alors laissée guider. Petia lui avait réservé pour le lendemain une visite au domaine de Starosel, où après avoir dégusté le vin elle pourrait se prélasser dans le spa. « *La meilleure manière de terminer un voyage* », pensa-t-elle en se couchant ce soir-là à son hostel, encore enivrée par la soirée.

Le lendemain, Émilie prit la route dans l'après-midi. Après avoir arpenté une dernière fois les rues de la ville, elle se dit qu'elle passerait la fin de sa journée dans cet endroit qu'elle imaginait idyllique de par les descriptions que lui en avait faites Petia.

Sur la route, une pensée s'imposa à elle. Elle pensa à toutes ces photos et vidéos qu'elle avait prises sans en abreuver les réseaux sociaux. Elle s'en félicita intérieurement, ses journées avaient toutes été des plus occupées, riches en visites et découvertes incessantes.

Émilie arrivait peu souvent à se détacher des réseaux, elle avait du mal à comprendre qu'il lui faille complètement abandonner sa vie habituelle, partir au bout de l'Europe en exil pour réussir à abandonner son téléphone l'espace de quelques jours.

Lors de ces exils, elle repensait à ce voyageur qu'elle avait croisé quelques années auparavant. Ils avaient passé plusieurs jours dans la même auberge et avaient alors eu le temps de discuter. Il n'avait cessé de lui répéter qu'il ne s'était jamais senti aussi vivant que depuis qu'il était seul.

Perdus en voyage, les gens se découvrent souvent une nouvelle vie, une nouvelle personnalité, une nouvelle philosophie qu'ils aiment, qu'ils embrassent et s'approprient ; c'est pourquoi Émilie n'avait pas osé lui poser trop de questions à propos de sa *vraie vie* comme il lui arrivait de dire.

Elle repensait souvent à cet homme, car il lui avait dit cette phrase qu'elle ne cessait de se répéter, qu'elle s'était appropriée car elle était devenue pour elle une vérité absolue « *l'être humain n'a besoin de personne en particulier, mais des gens en général* ».

Perdue et seule aux yeux de certains lors de ses voyages, Émilie le savait, elle n'avait besoin de personne en particulier car elle savait s'entourer de gens au besoin. Petia avait été la dernière en liste, une personne qui avait su l'aider et la guider quand elle en avait eu besoin. Une relation d'aide et de confiance ponctuelle, une amie d'un soir.

Plus Émilie avançait dans la vie, plus elle donnait raison à ce voyageur dont elle ne savait rien et qui pourtant lui avait tant appris sur elle-même, sur la vie. Elle eut une douce pensée de remerciement pour lui et se rendit compte que, égarée dans ses pensées, elle n'avait pas été vigilante quant à la route. C'est quand elle posa les yeux sur le GPS qu'elle remarqua qu'elle était bientôt arrivée.

Elle gara sa voiture de location au bas d'un domaine entouré de vignes. Un chemin pavé se déroulait jusqu'à un bâtiment typique. Son sac sur une épaule, Émilie s'avança en contemplant les vignes dorées de chaque côté des pavés.

Elle s'arrêta un instant pour contempler la bâtisse. Les colombages bruns laissaient ressortir la couleur blanche des murs sur lesquels le soleil couchant venait déposer sa douce lumière jaunie par le reflet des vignes. Émilie prit son téléphone pour immortaliser cet instant et garder cette image gravée là où elle pourrait la retrouver.

Quand elle déverrouilla son téléphone un message apparut et son cœur sembla s'arrêter un instant. « *Instagram. paul_dr_cld vous a envoyé un message.* »

* * *

- Voilà, c'est fait, dit Paul en posant son téléphone.

Paul avait eu du mal à s'y résoudre, mais il avait fini par donner raison à Charlotte. Écrire à Émilie avait été la chose la plus difficile qu'il eut à faire depuis longtemps. Il avait écrit, effacé, écrit à nouveau les mêmes mots, dans un ordre, puis dans un autre. Il s'était torturé l'esprit en silence pendant que sa nièce s'était laissée engloutir dans son canapé devant un dessin animé. Alors qu'à l'écran, Mulan se coupait les cheveux à l'aide de l'épée de son père, Charlotte se redressa. Emmitouflée dans un plaid bleu, Paul ne voyait que ses yeux interrogateurs, il entendit une petite voix s'élever du hamas de tissus :

- Qu'est-ce-qui est fait ? Demanda-t-elle.

- J'ai envoyé un message à Émilie, dit-il sans la regarder en croisant les bras, les yeux rivés sur la télévision.

- Quoi ? S'écria Charlotte alors que dans un mouvement théâtral elle faisait s'envoler le plaid qui la recouvrait. Qu'est-ce-que tu lui as dit ? Qu'est-ce-qu'elle a répondu ?

Paul prit calmement son téléphone.

- Je pense que ça ne te regarde pas, dit-il d'un ton monocorde.

Charlotte fâchée s'exclama :

- Mais sans moi tu aurais rien fait ! Allez, dis moi, s'il te plaît, s'il te plaît, s'il te plaît !

Paul regarda sa nièce. Elle le fatiguait, l'excédait, mais il devait reconnaître qu'elle avait raison, il n'aurait jamais eu le courage d'écrire à Émilie sans les justifications bancales de sa nièce. Avec lassitude il répondit simplement :

- J'ai rien dit de spécial…

- Depuis le début du film tu es sur ton téléphone, je suis sûre que t'as passé tout ce temps à écrire ! Dis-moi maintenant ! S'il te plaît, s'il te plaît, s'il te…

- Arrête ! La coupa Paul. Je vais te lire si tu veux, mais arrête ça.

Charlotte eut un grand sourire, ses yeux s'illuminèrent. Elle trépignait d'impatience.

* * *

« Bonjour Émilie, j'espère que vos vacances se passent bien, j'ai hâte d'en voir les photos en tant que follower invétéré. A bientôt, j'espère ! »

Émilie, étonnée, lut maintes fois le message. Son esprit était partagé entre la peur d'être suivie, poursuivie et la tendre allégresse de se sentir importante aux yeux de quelqu'un.

Monsieur Calldet était aux yeux de beaucoup un beau jeune homme séduisant et intelligent. Mais pour Émilie il restait simplement un médecin imbus de sa personne. Elle avait cru comprendre qu'elle lui plaisait et plusieurs à sa place s'en seraient senties flattées et en auraient profité. Mais Émilie ne voulait rien de cet homme.

Il y avait longtemps qu'elle avait pris la décision de ne plus compter que sur elle-même et de vivre seule. Peu de personne le comprenait et elle détestait qu'on tente de lui forcer la main dans l'autre sens.

Émilie crut entendre la voix de Valérie, sa collègue, lui répéter « *la question ne se pose même pas* ». Elle sentit alors son souffle s'accélérer, comme avec un couteau sous la gorge, elle avait une fois de plus l'impression de ne pas avoir le choix. Personne ne comprendrait qu'elle refuse les avances de Monsieur Calldet au vu de son physique, de son caractère, de sa position sociale. Sa position sociale, c'est à cause de cela qu'elle-même en venait à se demander si elle était en droit de refuser ses avances.

Elle détestait le monde d'être ainsi. Elle détestait les gens qui pensaient ainsi. Elle détestait Valérie de lui avoir mis en tête que « *la question ne se pose même pas* ». Et, par-dessus tout, elle détestait Monsieur *paul_dr_cld* de ruiner son dernier jour de vacances en polluant ses pensées avec une approche non désirée.

Malgré tout, elle avait vu son message et ça Monsieur Calldet le voyait aussi. Elle réfléchit un instant, elle sentait une légère pression se former dans sa poitrine au fur et à mesure que sa réflexion prenait forme. Un médecin, d'aucun l'appellerait son *supérieur,* elle se devait de lui répondre, par respect d'une certaine façon.

Émilie leva son téléphone au devant de ses yeux, prit en photo le domaine qui s'étalait devant ses yeux et l'envoya à *paul_dr_cld* accompagnée d'un mot.

* * *

« *Instagram. emi_dln vous a envoyé un message.* »

Paul prit une grande bouffée d'air. Émilie lui avait répondu si vite, elle à l'autre bout de l'Europe et pourtant, elle avait pris le temps de lui répondre. En ce moment même, elle pensait à lui et il pensait à elle. Malgré la distance et le décalage horaire ils avaient réussi à se lier l'un à l'autre.

Fébrile, il déverrouilla son téléphone avec hâte. Plus qu'un message, elle lui avait envoyé une image. Elle était seule, maintenant il en était convaincu, il le savait et se demandait comment il avait pu douter d'elle ne serait-ce qu'un instant. Elle était seule, peut-être même qu'elle se sentait seule et voulait partager son voyage, son bonheur, son plaisir avec lui.

Pas de photo d'elle, simplement le paysage, une immense bâtisse blanche aux colombages foncés sous un coucher de soleil des plus colorés. Paul se sentait avec elle, auprès d'elle et il savait que c'était ce qu'Émilie voulait lui faire ressentir. Il posa les yeux sur les quelques mots qu'elle lui avait envoyés : « *Mes vacances se passent très bien, merci. Je serai de retour à la clinique mardi. A bientôt.* ».

Une ponctuation qui pouvait sembler froide, mais Paul le savait c'était une ponctuation professionnelle. Au travers de ce message, elle lui laissait libre interprétation. « *Merci.* » ; « *A bientôt.* ». Charlotte avait eu raison, Émilie était contente qu'il ait pris de ses nouvelles et elle avait, elle aussi, envie de le revoir.

« *Les réseaux sociaux ont tué la romance.* », pensa Paul. Là où on aurait jadis envoyé une lettre parfumée ou même une carte postale, il devait se contenter aujourd'hui d'un message et d'une photo.

Mardi lui semblait si loin maintenant qu'il savait que ce serait son jour de retour, mais il saurait patienter maintenant qu'il la savait seule et qu'elle avait partagé avec lui une partie de son voyage. Il saurait attendre en se contentant des miettes qu'elle lui laissait.

* * *

Charlotte jeta un coup d'œil discret à Paul cachée dans le plaid. Un sourire tendre fendait son visage, ses yeux étaient grands ouverts et fixés avec fascination sur l'écran de son téléphone. Il était avec Émilie et il était heureux, alors elle l'était aussi et se sentit sourire à son tour.

- Pourquoi tu souris comme ça ? Demanda-t-elle naïvement.

Paul éteint l'écran de son téléphone en hâte et la regarda, son sourire avait disparu. Il avait le visage de quelqu'un qu'on aurait surpris à faire quelque chose de ridicule. Ça ne dura qu'un instant, il lui sourit tendrement et lui tendit son téléphone avec fierté en disant :

- Regarde, c'est en Bulgarie.

Charlotte prit le téléphone, une photo de chalet s'était affichée. Elle le regarda, mi interrogative, mi amusée.

- C'est là qu'Émilie est en vacances, ajouta-t-il en passant une main dans ses cheveux avec un sourire gêné.

Charlotte regarda son oncle et lui lança fièrement :

- Donc j'avais raison, elle était contente que tu lui envoies un message.

Paul ne semblait pas disposé à l'avouer. Il la regardait, interdit.

* * *

Non, il ne dirait pas à une gamine qu'elle avait eu raison. Il ne dirait pas merci à sa nièce qu'il méprisait. Paul ne voulait pas dire à Charlotte que c'était grâce à elle.

- J'ai bien fait de lui envoyer un message, oui, dit-il simplement de son ton désinvolte.

Ce qui semblait convenir à Charlotte, puisqu'elle lui sourit en se redressant, l'air prétentieuse.

- Tu vas lui dire quoi maintenant ? Demanda-t-elle en lui rendant son téléphone.

- Rien, elle est en vacances et je la revois mardi. Je vais pas lui en demander plus, répondit

Paul en rangeant avec difficulté son téléphone dans la poche de son jean.

Une moue d'incompréhension se forma sur le visage de Charlotte. Concernée, elle demanda :

- Tu vas même pas dire que t'as bien aimé recevoir sa photo ?

Paul détestait Charlotte et ce qu'il détestait le plus chez elle c'était quand elle avait raison.

* * *

Pendant la visite, Émilie avait peine à se concentrer sur les explications qu'on lui donnait à propos de la fabrication du vin. Elle pensait à Monsieur Calldet, à sa présence dans sa vie alors qu'il n'en faisait pas partie. Elle ne se sentait pas capable de lui dire clairement que ça la mettait mal à l'aise. Il ne comprendrait certainement pas qu'un message la mette mal à l'aise car il n'y avait rien de mal en soit. Il ne faisait rien de mal, alors pourquoi se sentait-elle mal ?

La visite se termina par une dégustation dans les caves, un temple antique se trouvait au sous-sol du domaine. De grandes colonnes blanches se dressaient au centre de la pièce, de larges tables gravées dans la pierre n'attendaient qu'eux. Ils prirent place sur les bancs de pierre, face à trois verres à pied qui n'aspiraient qu'à être remplis.

Émilie tenta de se concentrer sur les dires de son hôte qui expliquait, dans un anglais parfait, que chaque personne trouverait des arômes différents dans ce même vin rouge et que c'était là toute la beauté de l'œnologie.

Mais elle aperçut soudain au coin d'une colonne une petite araignée noire. Absorbée, Émilie la regardait construire sa toile, tisser son piège. Un moucheron se posa sur la toile de la bête, y resta collé. Tentant de se débattre il ne faisait qu'accélérer l'arrivée de son prédateur qui venait à lui en marchant avec aisance de fil en fil.

Émilie détacha avec dégoût son regard de la toile. Perdue dans ses pensées elle pensait à Monsieur Calldet, elle repensait à ce soir-là. Qu'est-ce qui l'avait poussée à aller voir son profil Instagram ? Qu'est-ce qui l'avait poussée à parler de ses vacances avec entrain ? Est-ce qu'elle avait elle-même poussé Monsieur Calldet à lui accorder tant d'importance que maintenant elle ne savait plus comment s'en défaire ?

Elle sentit son téléphone vibrer doucement dans sa poche. Comme à l'école, elle le sortit discrètement sous la table pour jeter un œil à la notification. La luminosité de l'écran lui piqua les yeux, mais c'était la nature de la notification qui lui fit mal dans la poitrine.

« Instagram. paul_dr_cld vous a envoyé un message. »

Émilie leva les yeux, l'araignée avait mangé le moucheron.

Chapitre VI
LE ROI DE CŒUR

Harold en Italie, La marche des pèlerins
Hector Berlioz

« *Après tout, il demande simplement de mes nouvelles, il est attentionné ?* », tentait de se persuader Émilie avec difficulté alors que son avion devait se trouver quelque part entre Sofia et Paris.

Elle avait d'amères pensées pour Monsieur Calldet, elle lui en voulait d'occuper une si grande partie de son esprit. Elle menait un combat difficile à l'intérieur de son être. Elle avait du mal à s'expliquer pourquoi, mais elle n'aimait pas ce médecin. Elle n'aimait pas sa façon d'être, sa façon de s'attacher à elle, elle n'aimait pas ses avances. Et alors que tout son entourage poussait

Émilie dans les bras de cet homme, elle avait envie de hurler et de partir au plus loin de lui.

Émilie n'aimait pas Monsieur Calldet, elle en était certaine, elle s'interrogeait davantage à propos de la légitimité de ce qu'elle ressentait. Était-il normal que cet homme occupe toutes ses pensées, en mal ? Était-il normal de se poser autant de questions ? Était-il normal d'en avoir peur ?

Émilie ne connaissait pas cet homme, mais elle avait le sentiment qu'il ferait tout pour obtenir ce qu'il voulait, et elle savait que ce qu'il voulait en l'occurrence, c'était elle. Elle avait la conviction d'être devenue aux yeux de *paul_dr_cld* un objet de désir. Mais ce qui effrayait Émilie c'était d'ignorer jusqu'où il pouvait aller pour faire de son désir une réalité et jusqu'à quand il accepterait les refus. Elle se sentait inconfortable à l'idée d'être un trophée aux yeux d'un homme qu'elle méprisait mais qui l'intimidait.

Émilie se redressa dans son siège quand la pilote annonça qu'ils allaient amorcer leur descente. Quand l'avion toucha terre, l'estomac d'Émilie ne fit qu'un tour.

Elle décida de chasser Monsieur Calldet de ses pensées. Elle ferma ses yeux un instant et se rappela cette dégustation de vin dans le temple Bulgare, cette immense cathédrale dorée à Sofia, la plage idyllique de Nessebar. Alors qu'elle se rapprochait de la France, Monsieur Calldet lui semblait très loin.

* * *

Au volant de sa voiture, Paul se surprit à se féliciter de la tournure que prenait sa vie depuis quelques semaines.

Il avait désormais une place primordiale aux yeux de sa nièce, celle de l'oncle attentionné, le tonton qu'on aime. Il était même intimement persuadé que s'il continuait ainsi, il deviendrait bientôt la figure paternelle dont Charlotte avait manifestement besoin. Ce serait là l'apogée du travail qu'il avait pu faire concernant sa relation avec sa nièce.

Sa sœur s'intéressait à sa vie, ses histoires. Il était heureux et fier de donner à Lise l'opportunité de vivre par procuration. Enfermée dans sa routine de mère célibataire il la savait triste au fond d'elle. Alors que quelques mois auparavant il s'en moquait, il mettait maintenant un point d'honneur à donner à Lise des détails sur sa vie palpitante, une succession d'aventures quotidiennes, afin de lui donner l'impression d'y participer.

Quant à Émilie, Émilie, Émilie... Il n'avait que son nom en tête car elle occupait une place de plus en plus importante dans sa vie et Paul savait qu'il ne s'agissait que du début de l'aventure, alors il sourit. Grâce à elle il devenait cet homme, cet oncle, ce frère que tout le monde aimait et enviait. Grâce à Émilie, il devenait avec fierté la meilleure version de lui-même. Pour cela il lui en était reconnaissant et l'aimait davantage. Il voulait se surpasser pour elle, il voulait qu'elle voit quel homme il était, grâce à elle, pour elle.

Il se gara au parking souterrain de la gare, monta sur les quais et attendit. Il y avait bien longtemps qu'il n'était pas arrivé en avance à la gare, à vrai dire, il ne se souvenait pas être déjà arrivé avant ses parents.

Paul regarda sa montre, sa jambe devenait impatiente. Il fut soulagé de voir le train arriver enfin en gare, il se redressa et inspira profondément. Les portes des wagons s'ouvrirent pour déverser sur le quai un flot de voyageurs en tous genres.

Paul s'attarda sur un couple de trentenaires qui se voulaient baroudeurs, mais qui étaient à ses yeux de simples adolescents attardés qui aimaient voyager dans la crasse. Il les regarda hisser avec difficulté leurs sacs sur leurs épaules. Il haussa les sourcils et tourna la tête.

Loin au bout du quai il vit son père descendre avec peine du train et tendre les bras vers sa mère en attendant qu'elle lui passe leurs bagages. Paul courra jusqu'à eux en faisant un signe de la main :

- Papa ! Maman ! Hurla-t-il.

Il vit ses parents faire volte-face et le regarder courir vers eux. Paul vit dans les yeux de son père une lueur d'interrogation, ceux de sa mère semblaient montrer qu'elle était partagée entre la gratitude et la crainte, Paul ne comprenait pas d'où cette crainte pouvait venir.

C'était la première fois qu'il les retrouvait sur le quai et il se rendit compte qu'il ne les avait jamais aidés à porter leur bagages. Il ressenti une légère honte. Une fois de plus, il eut une pensée pour Émilie en se promettant de changer, pour elle. Il voulait aussi être un fils modèle pour ses parents et pour Émilie.

* * *

Charlotte avait regardé l'heure tout l'après-midi à l'école. Les minutes ne passaient pas, les heures encore moins. Quand 16h30 arriva enfin, elle rangea avec frénésie ses affaires dans son cartable trop grand pour elle. Elle se leva pour aller chercher son manteau au coin de la classe. Première debout, elle fut celle qui ouvrit la porte. Elle sortit en criant :

- Bonnes vacances ! Sans lancer un regard derrière elle.

Elle retrouva sa mère devant l'école, Lise l'attendait avec un grand sourire.

- Ça y est, enfin les vacances ? Demanda-t-elle à Charlotte.

- Oui ! Enfin ! Papi et Mamie sont arrivés ? Demanda la gamine qui ne pensait qu'à cela depuis plusieurs jours.

- Paul est parti les chercher à la gare tout à l'heure, ils doivent être en chemin, répondit Lise en caressant tendrement les cheveux de sa fille.

Charlotte avait hâte de revoir ses grands-parents, de leur raconter ses histoires, d'écouter les leurs. Et, surtout, d'entendre ce qu'ils diraient en trouvant Paul changé ainsi, grâce à elle.

Depuis qu'ils étaient rentrés de vacances, Charlotte n'avait jamais passé tant de temps avec son oncle, il devenait une personne essentielle à ses yeux. Elle aimait passer du temps avec lui, lui parler, lui poser des questions, elle aimait la façon qu'il avait de faire semblant de se moquer d'elle en levant les yeux au ciel. Elle ne pensait pas que ça arriverait un jour, mais elle aimait son oncle.

Elle aimait son aventure jalonnée de péripéties avec Émilie. Elle aimait le voir hésitant, tâtonnant et perdu ; humain en somme. Elle aimait lui donner de bons conseils et le voir les suivre.

Arrivées chez elles, Lise et Charlotte laissèrent dans l'entrée sacs et manteaux avant de descendre hâtivement chez Paul. Devant la porte, Charlotte ne prit pas la peine de frapper, elle entra avec enthousiasme en demandant d'une voix forte :

- Il y a quelqu'un ?

Charlotte s'avança en courant jusqu'au séjour où elle vit ses grands-parents assis dans le canapé et Paul adossé au mur en face d'eux. Un sourire fendait chacun des visages de Jean et Agathe, Charlotte avait toujours été passionnée par les sourires des personnes âgées : « *Ils ont tellement de rides partout qu'on dirait que toute leur tête sourit, du front jusqu'au cou !* ».

Charlotte sourit à pleine dents à son tour et s'élança sur le canapé entre le couple.

- Oh ! Ne serait-ce pas notre petite fille préférée ? S'écria Agathe en passant un bras autour des épaules de Charlotte.

La gamine aimait l'odeur de sa grand-mère. Blottie contre elle, elle ferma les yeux un instant pour sentir cette odeur qui la ramena aussitôt dans ce jardin près de la mer. Elle se revit, une tasse de tisane à la menthe qui n'attendait qu'à être bue alors qu'elle et Papi chassaient avec leur arc en branche de noisetier.

Alors qu'elle se noyait de souvenirs que seule sa grand-mère pouvait raviver, Charlotte sentie une main lui ébouriffer les cheveux.

- Hé ! Papi, tu me décoiffes ! S'exclama-t-elle avec amusement.

Le grand-père la regarda avec tendresse avant de lui demander :

- Alors, comment était l'école ? Tu as des aventures à nous conter j'espère !

Charlotte regarda son oncle et fut surprise en croisant son regard, il y avait dans ses yeux de cette pâleur qu'elle n'avait pas vu depuis plusieurs mois. Sa mâchoire était crispée et il passait nerveusement sa main dans ses cheveux. Elle ignorait pourquoi, mais elle le savait en colère, il ne fallait pas être en colère le jour où tous ceux qu'elle aimait se retrouvaient.

- Pleins ! Mais le plus aventurier en ce moment c'est Paul, ça c'est sûr ! Dit-elle avec allégresse en désignant son oncle de ses petites mains.

* * *

- Paul ? S'exclama son père en le regardant étonné.

« *Sale gosse.* », pensa amèrement Paul. Il se redressa, regarda sa nièce et son visage simplet et se força à lui sourire. Tentant, avec brio, de faire paraître son amertume pour de la gêne.

- Et comment cela ? Demanda Jean avec intérêt en se penchant vers Charlotte.

Paul regarda l'enfant en essayant de la faire taire d'un regard accompagné d'un subtile mouvement de tête, hors Charlotte continua tout de même :

- Il a une amoureuse, dit-elle dans un murmure comme s'il s'agissait là d'une confidence.

Paul ne détestait pas les enfants, il détestait Charlotte. Il força sur son masque d'oncle parfait et sourit en s'avançant vers Charlotte. Il la prit dans ses mains et la souleva jusqu'à lui en disant dans un rire forcé :

- Ah ah ! Rappelle-moi de ne plus jamais te dire de secret à toi !

La gamine rit et Paul entendit sa sœur Lise glousser. Il regarda ses parents, ils étaient visiblement surpris de voir leur fils et leur petite fille si proches. La surprise passée, derrière ses fines lunettes en demi-lune, Paul pu voir les yeux humides de sa mère s'illuminer de surprise et de joie quand elle demanda :

- Une amoureuse, vraiment ?

* * *

De retour à la clinique, Émilie était heureuse de raconter à ses collègues ses péripéties de vacances. Elle n'osait pas évoquer le malaise qu'avait créé en elle les messages de Monsieur Calldet, car elle avait le sentiment désagréable que personne ne la prendrait au sérieux.

Le lendemain de son retour de vacances, elle prit un instant à midi pour demander à Florent, son binôme de la journée :

- Et cette semaine on a quoi comme programme opératoire ?

- Un peu de digestif, et du vasculaire, comme toujours… Répondit Florent concentré sur ses programmes de perfusion. Tu bosses comment cette semaine toi ?

- Je suis de nuit ce week-end, mes premières nuits toute seule dans le service, comme une grande ! Lâcha-t-elle avec fierté.

Florent passa une main sur ses cheveux en chignon et répondit avec nonchalance :

- Tu auras donc le plaisir d'appeler le Docteur Calldet dans la nuit de dimanche, il opère une aorte jeudi.

- Et alors ? Demanda Émilie.

- C'est une légende ici, quand il opère une aorte en semaine elle merde toujours dans la nuit du dimanche au lundi.

Émilie se raidit. Elle n'avait aucune envie d'appeler Monsieur Calldet en plein milieu de la nuit, pour qu'il se déplace et qu'ils se retrouvent tous les deux seuls dans la pénombre du service.

Elle se surprit à se demander si la vie d'un patient en valait la peine dans ce cas-là. Chassant cette dernière pensée Émilie ne répondit pas, devant son silence Florent se pencha vers elle pour la regarder dans les yeux, amusé et intéressé :

- Tu vas faire comme les filles ? Tu vas te battre pour prendre ces nuits légendaires juste pour avoir le plaisir d'appeler Docteur Mamour et voir débarquer en plein milieu de la nuit complètement débraillé le sauveur de l'humanité ?

- Ah ça non, je leur laisserai ce plaisir, répondit Émilie en préparant une perfusion pour fuir le regard de son collègue.

Florent semblait perplexe, il jeta sa seringue à la poubelle et regarda Émilie avec une telle intensité qu'elle fut obligée de le regarder à son tour.

- T'es la seule qui ne l'aime pas, t'es comme... insensible à son charme, s'exclama Florent. Pourquoi ? T'es maquée mais c'est un secret ? Il te dégoûte ? Tu l'admires mais ne veux pas que ça se sache ? Il te fait peur ? T'es lesbienne ? Dites-moi votre sombre secret Émilie Delanay !

Émilie ne savait pas quoi dire, elle cligna des yeux et se rendit compte que sa bouche s'était ouverte toute seule devant ce flot de paroles. Elle sentit le liquide de l'ampoule qu'elle prélevait couler jusqu'à son coude. Elle jura un instant et répondit succinctement en se lavant les mains à la solution hydro-alcoolique :

- Alors... Non. Plus ou moins. Absolument pas. Oui. Et oui, mais c'est un détail.

Florent la regarda intensément en tentant d'analyser les réponses d'Émilie. Quelques longues secondes s'écoulèrent avant qu'il ne la regarde avec compassion pour lui demander à nouveau, en murmurant cette fois :

- Il te fait peur ?

* * *

Ce soir-là au restaurant, Charlotte contait ses histoires de l'école primaire avec exaltation, ses grands-parents l'écoutaient avec avidité. Paul racontait comment il sauvait ses patients alcoolo-tabagiques avec ses « *opérations de la dernière chance* ». Jean et Agathe semblaient ne pas comprendre mais l'écoutaient tout de même poliment.

Lise se sentait invisible. De quoi pouvait-elle parler ? Son travail ? Ennuyeux. Sa fille ? Assez grande pour parler d'elle toute seule. Sa solitude et ses rencards tous les vendredis soirs ? À ses parents ? Jamais de la vie. Oui, Lise était condamnée à écouter sans parler.

- Et alors ton amoureuse Paul, dis-nous en plus !

Agathe avait profité d'un discret silence pour lancer la bombe qu'elle avait gardée sous le coude toute la soirée. Jean haussa les sourcils et leva les yeux aux ciel dans un soupir qui voulait souligner le fait qu'il était faussement désintéressé par cette histoire. Tous les regards se tournèrent vers Paul, le fils prodige, Lise lui sourit tendrement quand leurs regards se croisèrent. Son frère prit son air gêné avant de dire, avec un bégaiement délicat :

- Ah… Bien… C'est une infirmière de la clinique. Elle s'appelle Émilie.

* * *

Paul sortit son téléphone. Il était fière de parler d'Émilie à ses parents, cela lui permettrait d'ancrer dans la réalité le début de leur histoire. Il voulait la montrer à ses parents, illustrer avec ses photos la personne parfaite qu'il allait leur dépeindre.

- Elle est intelligente, débrouillarde, gentille…

- Et très belle ! S'exclama Agathe en louchant difficilement à travers ses lunettes loupes sur le téléphone que Paul leur tendait. Exactement la personne qu'il te faut, ajouta-t-elle en tendant le téléphone à son mari.

- Ça fait longtemps que vous êtes ensemble ? Demanda Jean en éloignant le téléphone de ses yeux pour tenter de faire une mise au point sur la photo.

- Oh, on est pas encore ensemble ! C'est juste… Une rencontre très marquante, pour l'instant.

Paul était gêné de devoir l'avouer, il ne s'était encore rien passé entre Émilie et lui. Il aimait ces débuts d'histoire, tout de subtilité, cette séduction invisible qui a pour but d'être au centre de l'attention de l'autre.

Paul reprit son téléphone et constata qu'il n'avait pas encore pris connaissance des nouvelles photos d'Émilie. La Bulgarie, ce voyage qu'elle avait partagé avec lui, leur premier voyage ensemble. Il regarda rapidement et apposa un cœur sur chaque photo de ce voyage.

- Hein Paul ? Dit Charlotte d'une voix assez forte pour le sortir de ses pensées.

- Pardon ? Répondit-il.

- Vous êtes quand même allés au cinéma et elle t'envoie des photos de ses vacances, expliqua-t-elle.

Paul sourit, gêné mais fier.

* * *

- Donc voilà c'est Émilie, une collègue ; Émilie, je te présente Justine ma copine.

Florent avait proposé à Émilie d'aller boire un verre avec lui et sa copine après le travail. Au vue de la journée qu'ils avaient passée, elle n'avait pu répondre que par l'affirmative. Elle avait dit à Florent qu'elle rentrerait chez elle déposer son vélo avant de les rejoindre. Elle avait changé son pantalon de vélo pour une jupe et une paire de bas, tous ses collants étant pitoyablement filés.

Émilie appréciait beaucoup Florent et elle était heureuse de voir qu'il devenait un ami en plus d'un collègue.

- Enchantée, dit Justine avec un sourire sincère en s'avançant vers Émilie pour lui faire la bise.

C'était une grande et belle jeune femme, au teint méditerranéen et aux longs cheveux couleur ébène.

Assis au comptoir, tous trois face à leur bière, Florent, Justine et Émilie discutaient et riaient de bon cœur. Cette dernière était ravie de passer une soirée au bar avec ces deux personnes qu'elle mourait d'envie de définir comme ses amis.

Émilie avait passé les deux dernières années entre deux avions, armée d'un sac à dos et de bonnes chaussures elle avait visité tous les continents. Elle avait rencontré beaucoup de personnes à travers le monde mais n'avait pas pris la peine de garder contact avec ses amis pendant son aventure. Ainsi, depuis qu'elle était revenue sur Nancy, elle ne parvenait pas à combler ce besoin humain de sociabilité.

« *L'être humain n'a besoin de personne en particulier, mais des gens en général* » répétait-elle encore et toujours, mais ce soir-là entre Florent et Justine, Émilie était heureuse de partager ce moment avec ces deux personnes en particulier.

***

En sortant de la voiture Paul laissa sa mère, Lise et Charlotte partir devant. Il aida son père à descendre et à marcher jusqu'à la résidence. Le vieillard s'arrêta un instant et posa une main sur l'épaule de son fils :

- Paul... Je ne sais pas trop ce qu'elle représente pour toi cette Élodie.

- Émilie, corrigea Paul en levant les yeux au ciel.

- Oui, oui, soit... Bougonna Jean avec un mouvement de la main. Cette Émilie là, ne la lâche pas.

Paul sentit le regard de son père plonger jusqu'à dans son âme. Il se sentit mal à l'aise un instant, il sentait que ce qu'il voulait lui dire était important.

- C'est la première fois qu'on te voit comme ça depuis que tu as commencé tes études de médecine avec ta mère. Tu, tu, tu… Jean cherchait ses mots. Tu es gentil, calme, attentionné… Et c'est très surprenant venant de toi.

- Tellement surprenant que vous m'avez engueulé parce que je suis allé vous chercher à la gare… Lâcha Paul.

Jean se redressa et toisa son fils, sévère.

- Comprends nous ! La première fois que tu viens nous chercher à la gare…

- C'est pas la première fois, le coupa son fils, l'air vexé.

- C'était quand la dernière fois ?

Paul réfléchit, et baissa les yeux. Il était incapable de s'en souvenir.

- On a pensé qu'il était arrivé quelque chose aux filles !

Paul regarda ses pieds, face à son père il se sentait minuscule, il dit timidement :

- J'ai envie de changer… J'ai envie qu'on m'aime…

- Tu as envie qu'Émilie t'aime, rectifia Jean d'un ton doux.

Le fils regarda le père. Paul n'avait jamais eu ce genre de conversation avec lui. Il l'avait vu perdre ses cheveux au fur et à mesure des années, boiter de plus en plus ; il avait vu son visage s'affaisser sous les rides. Il avait vu son père changer d'année en année, de décennie en décennie. Et ce soir-là, dans la pénombre de septembre, Paul se rendait compte qu'il n'avait jamais vécu un moment aussi intime avec lui.

- Oui, répondit Paul avec un sourire gêné, j'aimerais bien.

Doucement le sourire de Jean s'élargit :

- Toi qui disait… Comment tu disais déjà ?

Le vieux dos courbé de Jean se redressa, droit comme un piquet il prit un air sérieux et un ton grave pour imiter son fils :

- Je m'appelle Paul, j'aime et je n'ai besoin de personne…
- C'est pas ce que je disais, le coupa l'autre. Je disais que mon métier me suffisait et je n'avais besoin de personne en particulier, mais d…
- Des gens en général, compléta le vieil homme d'un air las… Et alors, ça fait quoi docteur ?
- De quoi ? Demanda Paul intrigué.
- D'être à la merci de l'amour, mon pauvre fils ! Lui répondit Jean dans un éclat de rire.

Ces derniers mots firent écho à l'intérieur de Paul tandis qu'ils marchaient dans le hall de l'immeuble.

« … À la merci de l'amour ? »

Chapitre VII
LES MALHEURS DE LA VERTU

<u>Solitude, Poème provençal, Op. 127</u>
Cécile Chaminade

- Le pire c'est qu'il a liké toutes mes photos sur Insta ! S'exclama-t-elle avec de grands gestes.

Émilie avait peut-être trop bu, mais elle sentait qu'elle pouvait se confier à eux. Florent avait été très à l'écoute quand quelques heures plus tôt elle avait bégayé « *Non, non, il me fait pas peur, peur. Mais je ne le sens pas… Tu vois ce que je veux dire ?* ». Quant à Justine, elle avait les yeux emplis de cette douceur qui amènerait chaque personne à se confier à elle sans retenue.

Émilie se sentait face à un couple d'amis, simplement altruistes et elle était bien.

- Ouais, franchement c'est bizarre… Lâcha Justine. Après il est plutôt beau gosse, non ?

- Et alors ? S'enquit Émilie avec crainte.

Justine regarda Émilie dans les yeux, ce qui mit cette dernière mal à l'aise. Ses yeux bruns, couplés à la lumière tamisée du bar, avaient une teinte légèrement orangée. Les iris de feu de la jeune femme donnèrent à Émilie une discrète bouffée de chaleur.

- Je sais pas... Tu pourrais en profiter un peu ?

Ne pouvant supporter plus le regard de Justine, Émilie se tourna vers Florent, comme pour l'appeler à l'aide.

- Euh... Commença-t-elle timidement en se grattant la nuque. Tu vois Justine, je n'ai ni envie de coucher, ni de sortir avec un médecin, surtout lui. De un, maladroitement elle tendit son index devant elle, parce qu'il a l'air insupportable. De deux, elle y ajouta son majeur, il travaille là où je travaille. Et de trois, elle déplia son pouce, je suis très bien seule !

Émilie reprit une gorgée de bière avant d'ajouter en tentant de donner de l'aplomb à sa voix :

- En plus, si je voulais être avec quelqu'un ce serait certainement pas avec un mec.

Émilie avait du mal à marcher droit. Même si elle avait dit à Florent et Justine qu'elle n'habitait pas loin, elle était heureuse de les savoir à ses côtés.

Arrivée en bas de chez elle, elle leur dit avec un sourire sincère :

- Voilà, c'est là que vous me laissez. Merci pour la soirée, ça m'a fait du bien.

Florent et Justine se regardèrent. Émilie y décela un regard complice propre aux couples amoureux, un regard qui voulait dire qu'ils étaient en train d'avoir une conversation silencieuse. Un regard qu'Émilie leur envia un instant, seulement un instant.

- On se disait que… Commença Florent.

- On a nous aussi passé une super soirée, le coupa Justine. Et on se disait qu'on t'appréciait beaucoup Émilie.

Émilie se sentit à nouveau mal à l'aise, Justine avait ce regard intimidant et fascinant. Elle les regarda sans trop savoir quoi dire :

- Oui, moi aussi je vous apprécie…

A nouveau le couple se regarda. Émilie nota que Florent semblait tendu, il dit d'une traite comme si ces mots s'étaient échappés de sa bouche malgré lui :

- Émilie, on t'aime bien, tu nous aimes bien et on cherche quelqu'un pour avoir une aventure avec nous deux.

Émilie déconcertée cligna des yeux et regarda Justine, puis Florent. Cette bouffée de chaleur excitante qu'elle avait ressenti au bar quelques instants plus tôt prit soudain le dessus sur elle, mais elle n'avait plus rien d'excitant. Elle avait chaud, elle suait, les bières qu'ils avaient bu entre amis. Des amis, vraiment ? Elle ne savait plus, elle avait chaud.

Quand elle ouvrit la bouche pour leur répondre ce qu'elle pensait, ce ne furent pas des paroles qui décidèrent d'en sortir. Elle se plia en deux vers le trottoir et déversa son dégoût sur la route. Elle sentit Justine s'approcher pour lui tenir les cheveux et Florent poser une main sur son dos :

- Ne me touchez pas ! Cria-t-elle avec difficulté.

Émilie leur tourna le dos et rentra dans son immeuble en claquant la porte. En montant les escaliers elle imaginait Florent et Justine dire d'elle qu'elle était « *coincée en fait !* ».

Elle avait vu en eux des amis drôles et à l'écoute alors qu'ils avaient vu en elle une « *aventure* ». Pourquoi fallait-il qu'elle soit une aventure aux yeux de la plupart des gens qu'elle croisait ?

En ouvrant la porte de son appartement elle repensa à ce livre d'école qu'elle avait lu pour le lycée quelques siècles auparavant. Elle lâcha dans un soupire tristement amusé :

- *Les infortunes de la vertu.*

Les larmes lui montèrent aux yeux alors qu'elle se dirigeait vers sa petite salle de bain.

* * *

- C'est qui ce week-end ? Demanda Paul à Valérie en prenant sa voix dure.
- Alors de jour ce sera moi avec… Elle ouvrit un gros classeur rouge et suivit avec son doigt une ligne à l'horizontal. Avec Florent !
- Mmmh… Dit-il peu intéressé. Et de nuit ?

L'infirmière pointa une autre ligne du doigt, avant de dire avec un sourire malicieux :

- Émilie.

Paul la regarda, interdit. Il regarda par-dessus la paillasse le nom sur lequel son doigt s'était arrêté « *E. Delanay* ». Il tenta de ne pas sourire.

- Vous opérez une aorte cette semaine ? Le coupa Valérie dans ses réflexions.

Son sourire s'élargit quand elle regarda le chirurgien dans les yeux. Paul savait que les aortes étaient devenues comme une légende au sein de l'équipe infirmière. Il avait systématiquement été rappelé les dimanches soirs, à son grand dam.

- Ce serait presque dommage que celle-ci ne pose aucun problème, vous ne pensez pas ? Lui dit Valérie avec un clin d'œil très appuyé.

Paul la regarda, haussa les sourcils et tourna les talons sans dire un mot.

Assis à son bureau, Paul ouvrit le dossier du patient dont il devait opérer l'aorte ce jeudi. Monsieur Legros, 77 ans, 55 kilos, célibataire, des enfants peu présents, greffé hépatique, vasculaire multi-opéré alcoolo-tabagique, anévrysme de l'aorte de six centimètres... « *Un patient seul avec un abonnement au PMU* », pensa Paul.

- Évidemment, dit-il à voix haute.

Il s'empara des imageries du patient et les regarda avec attention. Comme avant chaque grosse opération, il en imagina le déroulé, de l'ouverture jusqu'à la fermeture.

- Poly-pourri... Soupira-t-il à voix haute.

Il y avait de grandes chances pour que cette aorte pose problème, pas pendant le bloc, mais quelques jours après l'opération. « *Comme d'habitude* », pensa Paul. Il entendit les mots de Valérie : « *Ce serait presque dommage que celle-ci ne pose aucun problème* ». Cette fois plus que les autres, il était persuadé que ce patient allait poser problème, mais devait-il s'en assurer ?

Paul chassa cette pensée en rangeant brutalement le dossier de Monsieur Legros. Il s'écarta de son bureau si violemment qu'il en renversa sa chaise. Il se leva et quitta son bureau. En passant devant sa secrétaire, il ne dit rien et continua à marcher rapidement vers la sortie de la clinique.

Paul roulait trop vite, il pensait à Émilie. Il se voyait arriver l'air débraillé, les cheveux en bataille en plein milieu de la nuit à la clinique pour sauver un patient. Il aurait l'air d'un héros à ses yeux.

Charlotte pourrait l'aider, il s'arrangerait avec Lise pour la garder Dimanche soir et il n'aurait pas le choix d'arriver devant Émilie avec Charlotte endormie dans ses bras.

Paul, frappa son volant avec colère et hurla à pleins poumons. Il se détestait de penser cela. Comment pouvait-il penser un instant mettre en jeu la vie d'un patient pour Émilie ? Il réalisa soudain ce que son père voulait dire, Paul se sentait à la merci de l'amour.

- Il va merder de toute façon, dit-il en s'arrêtant à un feu rouge.

« *Ce serait presque dommage que celle-ci ne pose aucun problème* ».

* * *

Quand on frappa à la porte, Charlotte courra pour aller l'ouvrir. Elle avait passé la journée avec ses grands-parents et débordait d'énergie. Elle attrapa la poignée du bout des doigts et ouvrit :
- Paul ! S'écria-t-elle en sautant dans ses bras.
- Salut ma nièce préférée ! Lui répondit ce dernier en l'attrapant au vol.

Charlotte était heureuse de voir son oncle, il était la personne qui avait manqué à sa journée pour qu'elle soit parfaite. Dans les bras de son oncle, ils se dirigèrent vers l'intérieur de l'appartement.

- On est allés au jardin avec Papi et Mamie ! Commença à raconter Charlotte.

- Au jardin ? Lui répondit Paul avec un grand sourire. Vous avez vu les singes ?

- Oui ! Enchaîna la gamine. Même que j'ai dû disputer Papi, il voulait leur donner à manger !

- Non ! C'est pas vrai ! Paul parlait fort, son visage était tellement expressif que Charlotte se demanda s'il faisait exprès de grimacer.

Arrivés dans la cuisine, la petite fille regarda son grand-père, il était attablé au côté d'Agathe, un verre d'eau en main. Jean haussa les épaules :

- Je pensais qu'ils seraient heureux d'avoir un bout de gaufre… Ils sont en vacances aussi les petits singes ! Se défendit-il avec une moue désolée.

- Non ! Il faut pas ! Après ils deviennent énormes ! S'exclama la gamine.

Charlotte regarda Paul alors qu'il la reposait doucement à terre, il se dirigea vers son père :

- Mais voyons Papa, où avais-tu la tête ? Dit-il en riant aux éclats.

* * *

Paul était fébrile, il transférait tous les sentiments découlant de ses inquiétudes et interrogations sur les histoires futiles de Charlotte. Peut-être un peu trop, il avait du mal à exprimer ses émotions.

Agathe semblait inquiète, Paul le sentait, elle avait remarqué que son fils n'agissait pas comme à son habitude. Ses boucles blanches tremblèrent légèrement quand elle demanda avec un hochement de tête :

- Ça va Paul ?

- Oui, oui, ça va bien. Pourquoi ? Demanda ce dernier d'une voix trop aiguë en tentant de paraître le plus naturel possible.

Elle plissa les yeux interrogative tandis que Charlotte montait sur les genoux de son Papi en disant :

- Paul il est devenu drôle depuis qu'Émilie c'est son amoureuse.

Agathe et Jean regardèrent l'enfant en silence un moment avant d'éclater de rire.

Paul sourit et jeta à Charlotte un regard tendre, pour la première fois de sa vie il ressenti à l'égard de sa nièce de la gratitude. Sa nièce, si butée et insupportable soit-elle semblait être la seule à le comprendre réellement, la seule à vouloir foncièrement son bonheur.

Un instant Paul se surprit à penser qu'à force de faire semblant il s'était peut-être mis à apprécier Charlotte. Son sourire s'élargit malgré lui.

* * *

Émilie avait mal à la tête. Elle s'était levée avec difficulté quand le livreur avait sonné à sa porte pour lui apporter une pizza et avait eu de la peine à rester éveillée devant le film palpitant qu'était *Kuzco*, son film post-cuite fétiche.

Elle repensa à la soirée de la veille. Elle se sentait stupide et coupable, elle se demandait ce qu'elle avait pu faire ou dire pour que Florent et Justine en viennent à lui proposer d'être une « *aventure* ». Stupide parce que ce n'était pas la première fois que ce genre de chose lui arrivait et coupable parce qu'elle ruinait par égoïsme les espoirs d'un couple de raviver la flamme.

Comment avait-elle pu imaginer qu'un couple sans défaut pouvait exister et devenir ami avec elle ? Comment avait-elle pu penser un instant qu'elle pouvait tisser avec eux une relation de confiance qui l'amènerait à avoir un lien particulier avec eux ?

« *Je me suffis à moi-même. L'être humain n'a besoin de personne en particulier, mais des gens en général.* », se répéta Émilie comme pour éradiquer Florent et Justine de ses pensées.

Son esprit se calma, elle repensa à ses voyages, son havre de paix intérieur. Peu à peu, sa respiration se fit moins rapide. Elle se sentit apaisée alors qu'elle partageait une bière avec Petia en Bulgarie en parlant de vin, sur les plages de Nouvelle-Zélande avec Nina, dévaler des pistes de ski Hongroises avec Igor. Des personnes qui n'avaient partagé avec Émilie qu'un court instant mais dont elle avait eu besoin, le temps d'un verre, d'une après-midi, d'une descente en ski…

Émilie pensait à toutes ces personnes qu'elle avait croisées et qui, à leur échelle, avaient embelli sa vie. Elle repensa à cet homme, qui parlait beaucoup et qu'elle avait écouté avec attention chaque soir. Cet homme qui n'avait de cesse de comparer la solitude à la liberté, cet homme qui lui avait dit, face au soleil couchant en Inde que : « *L'être humain n'a besoin de personne en particulier, mais des gens en général. Si tu veux qu'il en soit ainsi, tu peux te suffire à toi-même.* ».

Antoine avait, sans le savoir, changé sa vie avec ces quelques mots.

Émilie était loin, perdue dans ses souvenirs, son seul refuge quand son téléphone sonna. Elle tendit le bras pour voir de quoi il s'agissait et soupira :

« *Messenger. Florent Netter vous a envoyé un message.* »

Elle lâcha un nouveau soupir et déroula la notification pour que sa lecture reste invisible aux yeux de l'expéditeur :

« Salut, j'espère que tu te remets bien d'hier soir, je voulais juste t'envoyer un message pour te dire qu'avec Justine on comprend ta réaction et on ne t'en veut pas.

Bisous, repose-toi bien pour être en forme pour tes nuits ce week-end ! »

Émilie sourit amèrement en relisant ces mots : « *on ne t'en veut pas* ». Elle avait du mal à comprendre. Selon elle, les convenances élémentaires auraient voulu que ce soit à eux de se sentir coupable et à elle de décider si elle leur en voulait ou non.

Dégoûtée, ce message eut le don de faire culpabiliser Émilie d'autant plus, puisqu'elle s'en voulut alors d'avoir culpabilisé pour eux.

* * *

Depuis qu'Antoine était parti, Lise ressentait une aversion profonde pour les vacances scolaires. Quand il faisait encore partie de sa vie, son mari ne cessait de lui répéter qu'ils partiraient en voyage au bout du monde, qu'ils poseraient leur pied dans chaque pays, qu'ils soient enneigés ou ensablés.

Antoine avait fait rêvé Lise pendant des années. Il avait été un conjoint parfait et un père exceptionnel. C'est pourquoi, même quatre ans plus tard, il arrivait encore que Lise se demande douloureusement où il était et s'il disait de belles choses à d'autres. Si d'autres le regardaient dormir comme elle le faisait, s'il avait posé son pied dans chaque pays en tenant la main à une autre.

Depuis qu'Antoine était parti, Lise n'avait plus que Charlotte et, occasionnellement, ses parents. Elle se sentait souvent abandonnée. Elle avait toujours eu l'intime conviction que l'être humain n'était pas fait pour être seul et depuis le départ de son mari, Lise n'avait de cesse de rechercher quelqu'un avec qui elle pourrait vivre des moments de partage.

Lise aimait sa fille, mais il arrivait qu'elle en veuille à Charlotte d'être la seule personne à partager sa vie. Il arrivait qu'elle lui en veuille de la freiner dans sa recherche du bonheur ; car, elle le savait, elle ne pourrait être heureuse qu'avec quelqu'un et un enfant rendait ses recherches compliquées.

Elle était ravie que ses parents soient présents une semaine pour passer du temps avec sa fille. La petite était des plus heureuses, elle aimait ses grands-parents plus que tout, au point que Lise se demandait parfois si elle ne les aimait pas plus qu'elle, sa mère. Cette pensée lui serrait le cœur, mais elle ne pouvait en vouloir à sa fille, après tout elle n'était pas une mère extraordinaire.

Lise mourrait d'envie elle aussi de partir, loin, loin de Nancy, de son travail, de Charlotte, de son frère… Ces pensées la rapprochaient encore plus d'Antoine, elle l'admirait d'avoir osé faire ce dont elle rêvait. Elle l'enviait et lui en voulait d'être parti sans elle. C'était une aventure qu'ils avaient imaginée à deux, qu'il avait pourtant décidé de vivre seul, la condamnant à être abandonnée, pour toujours.

Lise le savait, elle avait besoin de temps pour elle, pour oublier ces pensées. Les vacances tombaient à pic. Une pensée lui vint à l'esprit, un voyage ; elle partirait pour mieux revenir.

Elle arriva chez elle. Les sacs cabas chargés de courses pour nourrir toute une famille pendant une semaine entière, elle ouvrit la porte avec difficulté.
En entrant maladroitement dans le vestibule, les bras trop chargés, elle entendit des rires s'élever de la cuisine. Lise ferma la porte d'un coup de pied et demanda d'une voix forte qui se voulait autoritaire :

- Hé ho, quelqu'un vient m'aider ?

Les rires ne diminuèrent pas, personne ne l'avait entendue, personne ne l'entendait ni ne l'écoutait jamais de toute façon.

Lise soupira profondément et avança prudemment jusqu'à la cuisine où elle vit ses parents attablés en train de boire un verre d'eau. Charlotte était sur les genoux de son grand-père et riait aux éclats en tirant sur les rides du vieil homme comme pour tenter de rajeunir son visage.

Agathe et Paul semblaient pris dans une discussion drôle et intéressante à propos d'un parc.

- Salut, lança-t-elle pour les couper.

- Salut Lise, lâcha Paul sans bouger, tu vas bien ?

Jean posa Charlotte à terre et se dirigea vers sa fille en disant :

- Attends Lise, je vais t'aider !

- Non, Papa c'est bon… Fais attention à ton dos, c'est lourd et t'es plus tout jeune… Dit-elle sans se préoccuper de comment son père allait prendre ces mots.

Le vieillard se redressa, sacs de courses en main et s'exclama fièrement, le dos droit :

- Et alors ? Il vaut mieux être vieux que mort ! Allez Charlotte vient aider les vieux.

La petite se redressa comme au garde-à-vous et aida son grand père à remplir placards et réfrigérateurs de vivres. Lise se sentait épuisée, elle regarda sa mère et demanda :

- Maman, tu peux venir à côté deux secondes ? Il faut que... Je te montre un truc... S'il te plaît ?

Agathe la regarda inquiète et concernée. Lise avait dit ces mots avec une telle supplication que sa mère se leva aussitôt. Elle prit son bras entre ses mains vieillies et l'accompagna jusque dans le vestibule en fermant la porte derrière elles. Alors que Lise pendait son manteau et ôtait ses chaussures, sa mère lui demanda :

- Ça va pas ma chérie ?

La fille regarda sa mère. Le bleu pâli de ses yeux appelait à la confession, la douceur des traits de sa mère déjà âgée avait toujours eu le don d'attendrir Lise. Sans le sentir venir des larmes coulèrent sur ses joues.

- Ma chérie, répéta sa mère. Allons, allons, viens là, dit Agathe en prenant sa fille dans ses bras.

- Je suis désolée Maman… Réussit à dire Lise entre deux sanglots.

- Oh mais pourquoi ma chérie, il faut pas être désolée d'être parfaite tu sais !

Lise sentit sa mère prendre son visage entre ses mains et passer un doigts sous chacun de ses yeux pour en éloigner des larmes qui ne cessaient de couler.

- J'ai besoin de vacances Maman…

Agathe la regarda, perplexe.

- Mais, tu es en vacances ma chérie…

Lise ne savait pas par où commencer. Elle ne pouvait pas dire à sa mère qu'elle avait envie de s'éloigner de sa fille, alors elle répéta simplement :

- Je suis désolée Maman…

Puis elle baissa les yeux pour regarder ses larmes couler sur le sol. Agathe leva le menton de sa fille et lui dit avec un sourire tendre :

- Tu es une mère formidable, c'est normal d'être fatiguée quand on est formidable.

Lise sentit ses yeux s'écarquiller, elle avait toujours eu le sentiment que sa mère sentait les choses. Elle se surprit à espérer devenir un jour la même mère pour Charlotte. Elle tenta de sourire, mais son sourire fut noyé par un nouveau flot de larmes.

- J'ai besoin de partir un petit p…

Mais elle ne put finir sa phrase, elles entendirent la porte de la cuisine et en un mouvement Lise tourna le dos et Agathe dirigea son regard vers le nouveau venu.

* * *

Paul referma la porte derrière lui et demanda, l'air concerné :

- Ça va ?

Agathe le regarda, il voyait dans les yeux de sa mère qu'elle ne savait quoi répondre, alors il s'adressa doucement à sa sœur, ou plutôt à son dos en faisant un pas de plus vers elles.

- Lise, ça va ?

Sa sœur se retourna, ses cheveux noirs fouettant l'air. Elle avait le visage bouffi de sanglots, les yeux rougis par les larmes et sa lèvre inférieure tremblait quand elle lui affirma avec un aplomb surprenant :

- Oui, ça va.

Paul était attristé de voir sa sœur dans cet état, mais il ne pu s'empêcher de rire quand il répondit ironiquement :

- Oh oui ! Visiblement tout à l'air d'aller à merveille !

***

Paul ne comprenait rien à rien. Lise savait pertinemment qu'il serait vain de lui expliquer son mal-être. Alors elle sourit, bêtement en disant :
- Oui j'ai juste… Besoin de vacances…

Son frère haussa les sourcils, elle le regarda sévèrement en le mettant au défi de lui répondre, comme à son habitude : « *en étant infirmière scolaire t'es un peu toujours en vacances !* ». Paul baissa les yeux, soupira et s'avança vers sa sœur pour la prendre maladroitement dans ses bras. Ce geste d'affection inédit mit d'abord Lise très mal à l'aise, puis elle se laissa aller et se blottit dans les bras de son frère.

- T'as besoin de prendre du temps pour toi, c'est normal, ça doit être dur d'élever seule Charlotte.

Pour la première fois depuis toujours, Lise se sentit écoutée, au cœur de la conversation elle était apaisée.

Elle pleura de plus belle, mouillant la chemise de son frère. Elle assistait là à la démonstration de ce qu'était une famille parfaite à ses yeux. une famille qu'elle avait toujours souhaité avoir.

Pour la première fois depuis qu'Antoine était parti, elle ne se sentait plus seule.

* * *

Paul était sincèrement attristé de voir sa sœur dans un tel état. Mais alors qu'elle était en train de froisser sa chemise, il ne put s'empêcher de penser qu'il serait d'autant plus facile de faire en sorte de garder Charlotte le week-end.

Ainsi, il pourrait arriver avec un enfant dans les bras devant Émilie quand son patient poserait problème.

Il prit sa sœur par les épaules et lui dit en souriant :

- Tu vas partir en week-end, toute seule, d'accord Lise ?

- Mais… Et Charlotte ? Papa et Maman partent Vendredi… Bégaya sa sœur.

Paul le sentait, Agathe était sur le point de dire qu'ils pouvaient rester plus longtemps si nécessaire. Il coupa sa mère avant qu'elle n'ait le temps d'ouvrir la bouche pour le proposer, il dit :

- Ta fille, je te la garderai moi, affirma-t-il.

* * *

- C'est pour ça qu'on a inventé le lave-vaisselle, parce que la vaisselle laissée dans les éviers attirait trop les oiseaux et les gens n'arrivaient pas à les faire sortir de chez eux ! Répondit Papi à Charlotte.

- Oui, mais ça Papi, ça me dit pas pourquoi Maman, Mamie et Paul restent à côté…

- Mais si, je te dis ma petite, là on a laissé la vaisselle du goûter dans l'évier et ils sont en train de chercher une solution pour éviter d'attirer les oiseaux !

La petite souffla en levant les yeux au ciel, désabusée.

- Il suffit de mettre la vaisselle dans le lave-vaisselle…

Jean regarda sa petite fille les yeux plissés. Charlotte le savait, Papi était impressionné par sa vivacité d'esprit.

- Bravo ma petite… Et pourquoi on le ferait pas tout de suite, comme ça ils se rendront compte en revenant que c'est toi le génie !

Charlotte sourit à pleines dents en rangeant dans la machine les assiettes que Papi lui tendait.

La porte s'ouvrit dès qu'ils eurent fini. Paul entra le premier suivit par Agathe qui tenait Lise par le bras. Charlotte regarda sa mère, elle lui souriait avec ses lèvres mais ses yeux paraissaient tristes.

- On a rangé la vaisselle Maman ! S'exclama-t-elle en s'avançant vers elle.

Lise élargit son sourire en prenant Charlotte dans ses bras. Charlotte regarda sa mère dans le fond des yeux et sentit qu'elle devait le faire, alors elle déposa sur sa joue un baiser.

- Merci ma puce, c'est vraiment bien d'avoir fait ça ! Lâcha Lise d'une voix calme.

Charlotte se perdit dans les yeux humides de sa mère. Elle était sur le point de poser une question quand elle sentit deux grandes mains la prendre des bras de Lise.

La gamine se retrouva alors face à son oncle, qui avec un grand sourire lui demanda :

- Charlotte, quand Papi et Mamie rentreront chez eux, qu'est-ce que tu dirais de passer tout un week-end avec moi ?

* * *

La petite se tourna vers Lise, interrogative :
- Avec Maman aussi ?

Comment expliquer à une enfant qu'elle était la raison du burn out de sa propre mère, Paul réfléchit en regardant Charlotte dans les yeux. Agathe dit alors :

- Non, Maman va partir un peu en voyage, elle a besoin de se reposer un peu. Tu voudras bien rester deux jours avec Paul ?

Ce dernier sourit à sa nièce, il avait des difficultés à comprendre ce qui se passait derrière les yeux agités de l'enfant. Charlotte sourit et dit :

- Oui ! Parce que maintenant Paul, il est drôle !

Elle serra son oncle dans ses petits bras. Paul sentit alors une grande chaleur l'envahir. Il ne comprenait pas pourquoi et ne savait pas réellement depuis quand, mais il était attaché à cette enfant.

Il respira profondément et pour la première fois il comprenait ces gens qui se noyaient dans la douce odeur de leur enfant.

Chapitre VIII
ENTRE LARMES ET COLÈRE

<u>*Sonate au clair de lune*</u>
Ludwig Van Beethoven

Émilie avait peur. Elle avait bien réfléchi et pesé ses mots.

- J'ai peur.

Valérie la regarda tendrement et lui dit d'une voix douce :

- T'inquiète pas, t'as pas plus de choses à faire la nuit que la journée. Ça va bien se passer, tu connais ton travail et…

Elle lui posa doucement une main sur l'épaule avant d'ajouter :

- Personne ne doute que t'es une super infirmière, alors n'en doute pas toi-même.

Émilie sentit une douce chaleur s'emparer d'elle, elle ne put s'empêcher de sourire. Touchée, elle sentit que ses yeux étaient devenus légèrement humides.

- Et s'il y a quoique ce soit, t'appelle les anesthésistes... Ou les chirurgiens, termina Valérie avec un regard complice.

Émilie jeta un regard désespéré à Florent qui détourna les yeux pour regarder l'écran d'ordinateur. Ils ne s'étaient pas revus depuis la dernière soirée qu'ils avaient passée ensemble. Elle n'avait même pas voulu prendre le temps de répondre à son message. Émilie se sentait très seule à cet instant, avec un faux rire elle répondit à Valérie :

- Oui, mais il ne va rien se passer, bien sûr !
- Bien sûr, renchérit cette dernière en riant.

Ses deux collègues partis, Émilie se retrouva seule dans son service, elle changea la station de radio pour *Nostalgie*, son plaisir coupable. Elle traça un tableau sur une feuille vierge pour répertorier tous les soins qu'elle aurait à faire chez chacun de ses patients au cours de son poste. Cela terminé, elle se leva pour commencer à faire le tour de ses patients. Une main sur la poignée de la première chambre elle entendit une voix derrière elle :

- Émilie ?

Elle fit volte-face. Florent se tenait là, dans l'entrée du service. Il s'avança vers elle en posant ses yeux ça et là. Émilie sentait qu'il tenait à éviter de croiser son regard tant que cela lui était possible. Elle lâcha la poignée de porte et l'attendit les bras croisés, le regard droit vers lui.

- Oui ? Dit-elle, sévère.

Florent la regarda dans les yeux. Un sourire tendu se forma sur ses lèvres quand il demanda :

- A propos de la dernière fois…

- Oui, je sais, vous ne m'en voulez pas, le coupa sèchement Émilie.

Florent se pencha vers elle, avec un air qui se voulait doux et compréhensif.

- Bien sûr que non, ne t'inquiète pas pour cela. Je voulais te dire que ça ne changera rien entre nous.

Émilie ne comprenait pas que son collègue ne puisse pas concevoir que, de son côté, elle était susceptible de leur en vouloir. Elle se retint de crier, mais tenta de faire paraître sa colère dans son timbre de voix.

- Et moi, vous vous êtes demandé si je pouvais vous en vouloir ?

Florent se redressa et la regarda, il semblait ne pas comprendre ce qu'elle voulait dire.

- Pourquoi tu nous en voudrais ? Demanda t-il en souriant. On t'a juste proposé ce que tu avais l'air de demander. On s'est mal compris c'est tout.

- Pardon ? S'exclama Émilie plus en colère que jamais.

- Bien sûr, continua Florent toujours avec un sourire aux lèvres. T'es là, tu me dragues, tu me demandes des nouvelles de ma copine, quand on discute tu me dis que t'aime les filles, que t'es sortie avec des mecs, on t'invite à boire un verre tu te pointes tout sourire avec une petite jupette et des bas... C'est pas grave. J'ai peut-être mal compris, mais je pense que n'importe qui aurait mal compris.

Bouche bée, Émilie ne savait pas quoi répondre tellement les dires de Florent semblaient absurdes. Elle tenta de garder son calme et lâcha simplement :

- Je pensais qu'on s'entendait bien, mais maintenant je me demande comment j'ai pas pu me rendre compte avant que t'étais un connard.

Florent fronça les sourcils derrière ses lunettes rondes. Il prit le bras d'Émilie, le serra et haussa le ton :

- Lâche-moi ! Dit-elle sèchement.

- Je ne te permets pas de me parler comme ça. C'est pas ma faute si t'es seule. C'est pas ma faute si tout le monde pense que t'es célibataire parce que t'aimes le cul. Parce que crois-moi, je suis pas le seul à mal te comprendre.

Émilie sentit les larmes lui monter aux yeux, elle bégaya :

- Mais… Il y a rien à comprendre… J'ai rien demandé, je suis juste… Comme ça…

Elle inspira profondément avant de dire avec un aplomb qu'elle ne se connaissait pas :

- C'est pas que tu me comprends mal, c'est que tu comprends rien. Toi et les autres d'ailleurs, vous êtes incapables d'imaginer qu'on puisse être différent de vous. Tout le monde ne rêve pas d'une magnifique vie à deux, d'une belle vie de famille. Je suis peut-être célibataire, mais je suis loin d'être seule, je… Elle inspira profondément. Je me suffis à moi-même, je m'aime et je suis la seule personne qui compte dans ma vie. Je n'ai besoin de personne et surtout pas d'intolérants qui veulent m'expliquer comment vivre.

Le visage de Florent ne bougea pas, il avait toujours les sourcils froncés, à mi-chemin entre l'incompréhension et la colère.

- Tu comprends rien, répéta Émilie, impassible.

Florent la lâcha avec un air de dégoût.

- Non, il y a rien a comprendre. Parce que t'es rien.

Il tourna les talons et lança derrière lui :

- Courage pour la nuit, à demain matin.

Émilie resta là, sans savoir combien de temps. Entre les pleurs et les cris elle resta muette. Elle était incapable de réfléchir. « *Je n'ai besoin de personne en particulier, mais des gens en général* », était la seule pensée qui s'imposait clairement à elle. Cette phrase lui revenait sans cesse, sans qu'elle ne puisse lutter, jusqu'à ce qu'un bruit strident la fasse sursauter. Un patient sonnait, les mains tremblantes, elle sortit de sa poche le tableau qu'elle avait rédigé à sa prise de poste. Elle se dirigea, brisée, vers la chambre qui l'appelait.

- Bonsoir Monsieur… Elle regarda son tableau avant d'ajouter, Monsieur Legros, vous avez sonné ?

- Oui, répondit simplement le patient.

- Oui… Répondit l'infirmière dans l'attente d'une réponse plus développée. Et donc… Pourquoi vous avez sonné ?

Émilie regarda l'homme couché dans son lit. Chauve, les joues creusées par le tabac, le teint jaunit par l'alcool. Dans la pénombre, Émilie s'approcha de lui, il suait, tremblait, elle le regarda dans les yeux, il avait l'air apeuré quand il chuchota :

- Il y a des bêtes sur le mur…

L'infirmière inspira profondément, tout ce qui lui manquait pour être en enfer était un alcoolique en plein syndrome de sevrage.

* * *

- Bon week-end Maman ! Lança Charlotte accrochée au cou de son oncle.

- A toi aussi ma chérie, on se revoit lundi matin, d'accord ?

- Pas dimanche ? S'enquit la petite.

- Je rentre tard, tu dormiras déjà quand je serai rentrée, répondit tendrement Lise.

- Peut-être pas ! Répondit Charlotte avec un grand sourire.

- Je ne pense pas que c'était une question, jeune fille, dit Paul, rentrant dans le débat avec un sourire discret.

Lise regarda son frère dans les yeux. Ils se sourirent, elle savait qu'ils se comprenaient alors elle lui dit simplement :

- Merci Paul.

- Je t'en prie, c'est normal, dit-il avec un regard sincère.

Lise inspira profondément et déposa un baiser sur le front de sa fille :

- Allez, sois sage ma chérie.

- Je suis toujours sage Maman ! S'exclama Charlotte.

- Haha, c'est vrai ça, répondit Lise en s'éloignant. Bon week-end à vous, ne faites pas de folies.

- Jamais ! Répondirent l'oncle et sa nièce en cœur.

En ouvrant sa portière Lise eu un pincement au cœur. Quelques mois auparavant, elle n'aurait jamais confié sa fille à son frère plus de quelques heures. Elle ne comprenait pas bien comment ils en étaient arrivés là, mais une relation de confiance familiale s'était tissée entre eux depuis qu'ils étaient rentrés. Elle adorait cela.

A cet instant, Lise se sentait fautive d'abandonner sa fille plus de deux jours, mais tellement libre. Elle ne put s'empêcher de penser à Antoine, son mari, est-ce là le sentiment de légèreté qui s'était emparé de lui quand il était parti ?

« *Je comprends pourquoi il n'est pas revenu...* », se dit-elle malgré elle. Coupable, elle chassa cette pensée en se rendant compte que Charlotte lui manquait déjà.

***

Dans les bras de Paul, Charlotte se sentait bien. Elle regardait son oncle avec fascination. Parfois, elle repensait à cet homme qu'il était avant, ce grand calculateur, cette personne sans sourire. Cet adulte invétéré avait complètement disparu de l'être de Paul pour laisser place à un oncle aimant et un homme aimable ; et Charlotte l'en remerciait.

La gamine posa doucement sa tête sur l'épaule de son oncle et dit d'une voix douce et sincère :

- Je suis contente de rester avec toi pendant que Maman part se reposer.

Paul baissa les yeux vers sa nièce en se dirigeant vers le salon.

- Ah oui ? Demanda-t-il avec un sourire flatté.

- Oui ! Parce que maintenant on est copains tous les deux, on va s'amuser ! S'exclama Charlotte alors que Paul la déposait doucement sur le canapé avant de s'asseoir à côté d'elle.

Il rit discrètement, Charlotte savait que, de son côté, Paul appréciait lui aussi de plus en plus les moments qu'ils partageaient ensemble, même s'il ne lui avait encore jamais avoué.

* * *

Paul avait le sentiment de s'être emballé en proposant de garder Charlotte tout le week-end. Bien sûr, quand il arriverait dimanche soir devant Émilie avec la petite dans les bras pour sauver un patient, il en serait reconnaissant. Mais jusqu'à ce moment il fallait s'occuper d'elle, et il n'avait aucune idée de ce qu'il fallait faire d'un enfant pendant quarante-huit heures.

- Bon, alors... Commença-t-il. Qu'est-ce que tu veux faire ?
La petite le regarda avec un sourire malicieux dans les yeux.

- On peut faire un jeu et manger ! Dit-elle pleine d'entrain.

- En même temps ? Demanda Paul perplexe.

Charlotte se gratta le menton avec un faux air de réflexion.

- J'y avais pas pensé, mais c'est une super idée ça ! Dit-elle en tapant dans ses mains avec allégresse. Paul lui sourit.

- Tonton… Ajouta-t-elle doucement en plongeant rapidement ses yeux dans les siens avant de baisser la tête, rougissante.

« *Elle sait être attendrissante cette gamine…* », pensa Paul en souriant. Une pensée s'imposa alors à lui alors qu'il se levait pour se diriger vers la cuisine : il avait réussi, il était devenu le « *tonton* », il était devenu la figure paternelle de Charlotte. Il avait pris cette place vacante et était devenu indispensable à sa petite vie d'enfant. Fier, il se retourna et regarda sa nièce dans le canapé. Malgré lui, il pencha sa tête et sourit.

Il se retourna et serra les poings pour chasser cette pensée contre laquelle il se battit, en vain, car elle s'empara de lui. S'il avait pris la place du père de Charlotte, avait-elle pris pour lui la place d'un enfant, de son enfant ?

Paul sentait ses ongles pénétrer douloureusement la paume de ses mains. Pour couper court à cette pensée il se tourna vers Charlotte et demanda :

- Des pâtes ça te va ?

- Seulement si on joue au Monopoly ! Lança Charlotte en faisant volte-face pour se retrouver face à lui.

- A deux, pas possible, répondit Paul froidement.

- Mmh... Marmonna la gamine en pleine réflexion. Les échecs ?

Paul entendit un cri de surprise sortir de sa bouche contre son gré.

- Ha ! Tu sais jouer aux échecs toi ?

- Non, mais toi oui. Maman dit que tu jouais tout le temps avec Antoine... Avec Papa, dit-elle en baissant tristement les yeux. Tu m'apprends et on joue.

Il regarda longuement sa nièce. Il était gêné de l'entendre parler de son père avec si peu d'affect, se sentait un peu coupable de voir qu'il prenait véritablement la place du père qui l'avait abandonnée et très fier d'être à l'origine de cet apprentissage.

- Les échecs alors...

« *Ça, ça peut peut-être occuper un enfant tout un week-end ?* », pensa Paul.

* * *

Après avoir passé une demi-heure à tenter de raisonner son patient, Émilie s'était résolue à appeler l'anesthésiste pendant qu'un collègue aide-soignant du service voisin se battait pour contentionner le patient.

Elle expliqua au médecin que Monsieur Legros avait des hallucinations, qu'il avait manqué d'arracher ses divers drains et cathéters. Au téléphone le médecin la coupa et répondit de mauvaise humeur :

- Qu'il n'arrache pas son cathéter artériel ni sa voie veineuse centrale, j'ai pas envie de revenir juste pour en reposer. Et pour les drains s'il les arrache c'est le chir qu'il faut appeler.

Émilie se hâta de demander, pour ne pas se faire raccrocher au nez :

- Oui, oui et je peux faire quelque chose pour le calmer un peu ?

- Attache-le et fais dix de Valium en IV[3]. Je prescris de chez moi, dit sèchement le médecin dans un dernier grognement.

---

3 *IV : Intraveineux.*

- Merci, bonne... Soirée, termina-t-elle avant de se rendre compte qu'il avait déjà raccroché.

- Alors ? Hurla son collègue qui, au vu des cris du patient, avait du mal à maintenir ce dernier.

- Je prépare du Valium, j'arrive ! Répondit Émilie en cassant une ampoule.

* * *

Paul regarda sa montre. Dix-neuf heures vingt-deux.

- Qu'est-ce que t'as fait là ? Demanda-t-il d'un ton las.

- Hé bien j'ai joué mon fou ! Répondit Charlotte incontestablement fière de son coup.

Paul examina l'échiquier et lui dit d'un ton excédé :

- Je t'ai déjà dit qu'il n'y a que le cavalier qui a le droit de sauter au-dessus des autres pièces.

Charlotte regarda son oncle avant de lever les yeux au ciel. C'était la première fois, mais Paul en était sûr, il détestait jouer avec sa nièce. Cela faisait près de trois quarts d'heure qu'ils étaient assis là, sans aucun suspense, sans qu'il n'ait besoin de regarder l'échiquier pour connaître le dénouement de leur partie.

Il s'était même autorisé à perdre le fil du jeu en recentrant ses pensées sur les choses importantes, comment se passerait son retour à la clinique le lendemain. Porterait-il Charlotte dans ses bras, ou la tiendrait-il par la main ? Serait-il en pyjama pour montrer qu'il savait être décontracté ou en chemise pour prouver qu'il était élégant en toutes circonstances ?

- C'est trop dur les échecs ! S'exclama Charlotte dans un grognement en replaçant sa pièce à sa place.

Sans quitter l'échiquier des yeux, elle posa son visage entre ses paumes. Il faudrait qu'il porte

Charlotte endormie dans ses bras, elle était si adorable quand elle dormait. Il aurait l'air, aux yeux d'Émilie, d'un homme attentionné qui ne réveillerait sa nièce sous aucun prétexte. Le regard de Paul se perdit dans le vide. Pour que tout fonctionne il faudrait que sa nièce dorme.

Il souriait en s'imaginant cette scène héroïque, puis regarda Charlotte avec attention. Un air d'intense réflexion traversa son visage avant de laisser place à un sourire de fierté. Elle bougea un pion :

- Du coup là j'ai deux reines ? Demanda la gamine.

Paul regarda attentivement le plateau de jeu, avant de se redresser, en danger. Comment avait-il pu laisser cela arriver. Bouche bée, il répondit, à regret :

- Oui… Oui… C'est ça, bien joué je l'ai pas vu venir, avoua t-il en tentant de sourire.

* * *

Paul détestait perdre et Charlotte le savait. Elle avait dû se retenir de faire exploser son orgueil quand elle avait coincé son oncle entre deux reines et lui avait doucement annoncé « *échec et mat* ». Le regard glacial de Paul l'avait évidemment freinée dans ses élans de fierté. En rangeant l'échiquier, il lui avait dit qu'il l'avait laissée gagner, mais elle savait bien que c'était faux, elle avait gagné parce qu'il pensait a bien d'autres choses.

Paul semblait toujours préoccupé par autre chose que les échecs, Charlotte sentait son oncle en constante réflexion et avait envie de l'en sortir :

- Tu penses à quoi ?

Paul se redressa et haussa les sourcils comme pour se dédouaner d'une culpabilité infondée.

- De quoi ?

Charlotte lui sourit et continua :

- Depuis que je suis là, on dirait que tu penses à pleins de trucs. Alors, tu penses à quoi ?

Paul baissa les yeux et Charlotte crut déceler un sourire au fond de son regard.

- Tu penses tout le temps à Émilie, hein ?

* * *

« *Si elle savait...* », pensa Paul qui abandonna là ses réflexions.

- Mais t'es une vraie coquine toi ! Dit-il dans un éclat de voix.

Il ne pensait pas vraiment à Émilie, mais plutôt à ses craintes concernant leur prochaine rencontre. Il avait tout imaginé pour ce moment et tout se déroulerait comme prévu. La gamine endormie dans ses bras, sa tenue décontractée mais élégante, sa sœur qui viendrait chercher Charlotte en disant de lui tout le bien qu'elle pensait, pendant qu'il serait en train de sauver la vie de son patient… Tout irait bien, mais il avait un soudain doute à propos de son patient. Monsieur Legros était quelqu'un de fragile et il n'y avait aucune raison que cela arrive, mais si son patient continuait d'aller bien, son histoire avec Émilie irait mal.

* * *

Émilie se posa enfin au bureau du service, il était quatre heures du matin et elle était exténuée. Elle se pencha pour s'assurer que la porte de la chambre de Monsieur Legros était bien restée entre-ouverte afin qu'elle puisse garder un œil et une oreille sur son patient fragile et instable. Tous ses patients endormis ou presque, Émilie inspira profondément et expira calmement. Elle éteignit alors la radio pour plonger le service sans un silence nocturne apaisant.

La jeune infirmière fit tourner son siège en fixant le plafond. Maintenant qu'elle n'était plus occupée par ses patients, certaines pensées s'imposèrent à elle. Elle se surprit alors à faire le point sur son travail. Elle était fière du poste qu'elle avait réussi à obtenir, fière de l'infirmière qu'elle était devenue. Mais, sans qu'elle ne puisse le contrôler, les pensées d'Émilie glissèrent doucement, elle se mit à penser à ses collègues, la plus grande déception qu'elle avait eue depuis longtemps.

Elle sentit son sang se glacer à nouveau en revoyant le regard dédaigneux que Florent avait posé sur elle en disant qu'elle n'était rien ; elle se sentit bouillir à nouveau de colère quand elle entendit Valérie lui sous-entendre que Monsieur Calldet était fait pour elle.

Émilie aimait son travail, mais elle réalisa soudain, seule à son bureau qu'elle ne supportait plus les personnes avec qui elle le partageait. Elle avait l'habitude d'être incomprise, mais à cet instant c'était bien plus que cela, elle se sentait désespérée, esseulée. Elle avait perdu le seul ami qu'elle s'était fait parmi ses collègues, le seul qui ne tentait pas de la pousser dans les bras d'un chirurgien jeune et séduisant était aussi le seul qui la voyait comme une « *aventure* ».

Émilie n'avait aucun espoir de trouver du réconfort auprès d'une quelconque personne dans son entourage professionnel. De plus, elle devait se rendre à l'évidence, elle ne connaissait personne en Lorraine, avait tout misé sur son travail en emménageant à Nancy. En arrivant là, elle avait imaginé que ses collègues lui suffiraient, qu'elle nouerait des relation particulière avec eux, mais elle n'aurait jamais pu plus se tromper.

Elle sentit soudain ses yeux devenir humides quand elle prit conscience que la seule personne qu'elle connaissait qui semblait vouloir faire l'effort de la comprendre et d'apprendre à réellement la connaître était Monsieur Calldet.

Chapitre IX
LA CHUTE DE L'ANGE

Arabesque No. 1, Op. 61
Cécile Chaminade

Paul était fatigué. La veille il avait emmené sa nièce au parc, au cinéma, l'avait fait jouer et rejouer aux échecs, sans se laisser déconcentrer. Il avait évidemment gagné chacune des deux parties que Charlotte avait accepté de jouer avant de s'insurger contre lui et le jeu. Il avait fatigué la fillette dans l'espoir qu'elle reste sagement endormie le lendemain soir.

De son côté, il n'avait pas beaucoup dormi. Il avait passé toute la nuit à penser à Émilie, il savait que pour elle et lui il s'agissait de la dernière ligne droite avant d'entrer dans une vraie relation. Tout était réfléchi, il avait tout préparé et, bien sûr, tout serait parfait. Il fallait que cela le soit. Pour Émilie dont même les défauts étaient parfaits, leur premier baiser devait être parfait.

Le dimanche matin Paul ouvrit les yeux à sept heures. « *Un peu tôt pour un dimanche…* », aurait-il pensé en temps normal avant de refermer les yeux pour quelques dizaines de minutes de sommeil en plus ; mais pas pour CE dimanche, pas pour le dimanche qui allait changer sa vie, pas pour le dimanche qui nécessitait tant de préparation, pas pour leur dimanche à Émilie et lui.

Avant de se lever, comme malgré lui, il s'empara de son téléphone et appela :

- Soins intensifs de chirurgie, une infirmière, bonjour, dit une douce voix fatiguée.

Paul inspira profondément, même au bout du téléphone il pouvait imaginer son odeur.

* * *

- Bonjour Émilie, c'est Paul Calldet, la nuit s'est bien passée ? Dit une voix calme et caverneuse.

Émilie tourna sur sa chaise, dos à ses collègues, elle serra le combiné entre ses deux mains.

Elle avait passé deux nuits de solitude intense au travail, des nuits horribles pendant lesquelles elle avait nagé dans la merde, s'était battue et fait battre. Et, quand le matin arrivait, les personnes qui venaient la sortir de ce cauchemar étaient une vieille mégère misogyne et son acolyte, l'incroyable aventurier égoïste qui lui avait craché dessus, ou presque.

Alors quand Émilie entendit la voix de Monsieur Calldet lui demander comment elle allait, sans savoir pourquoi, elle eut envie de sourire et de pleurer, de l'appeler au secours et de se lover dans ses bras pour y disparaître.

- Bonjour Monsieur Calldet, réussit-elle à dire malgré sa voix tremblotante. Tout s'est bien passé, rien de nouveau chez vos patients depuis hier.

* * *

Elle n'était pas fatiguée, Émilie n'allait pas bien, Paul le sentait. Sa voix manquait de cet éclat qu'elle avait habituellement. Il avait envie de lui parler et de lui demander comment elle se sentait, mais il savait bien qu'il l'appelait pendant ses transmissions, elle n'était pas seule et tout ce qu'il réussirait à faire serait de la mettre mal à l'aise devant ses collègues. Il répondit, hésitant :

- Très bien... Reposez-vous Émilie et... Faites bien attention à vous.

* * *

- Et dites à vos collègues que je les rappellerai quand ils auront les résultats des bilans sanguins du jour. Bonne journée enfin… Bonne nuit, termina Monsieur Calldet d'une voix douce.

Émilie ne savait quoi dire, elle voulait le garder au téléphone, qu'il reste avec elle encore un instant. Malgré elle, comme si ces mots avaient été prononcés par une autre elle dit :

- Merci… Merci Paul.

Elle raccrocha et se tourna vers Valérie et Florent. Elle soutint leurs regards étonnés et interrogateurs. Puis Valérie s'exclama :

- Donc ça y est, tu l'appelles « *Paul* » ? Avec un sourire qui se voulait complice mais qui n'eut pour effet que de mettre Émilie mal à l'aise. Refusant de baisser les yeux, cette dernière répondit froidement :

- Il vous rappellera pour avoir les résultats des bilans.

Puis, Émilie continua ses transmissions en prenant un air sérieux et imperturbable. Mais elle songeait à Paul Calldet. Malgré tout ce qu'elle avait pu penser de lui, il était peut-être réellement le seul à avoir de la considération pour elle dans cette clinique, dans cette ville.

* * *

Après avoir raccroché, Paul resta un moment immobile dans son lit. Il n'avait jamais remarqué à quel point son prénom pouvait être beau quand il était prononcé par la bonne personne.

Il soupira et se rendit compte que, sans qu'il en ait conscience, sa main avait glissé le long de son corps pendant qu'il parlait à Émilie. Quelques semaines auparavant, il en aurait eu honte, mais maintenant qu'il voulait devenir celui qui la protégerait, qu'elle l'appelait par son prénom et qu'il avait la certitude que bientôt ils partageraient la même vie, Paul n'avait pas honte, il pouvait faire entrer Émilie dans son intimité.

Il prit son téléphone et, avec son autre main mouvante entre ses jambes, il rechercha *emi_dln*. Il s'arrêta sur cette photo d'elle qu'il connaissait par cœur, la plage et son corps dénudé. Alors qu'il tentait d'imaginer son odeur sucrée, la douceur de sa peau, ses cheveux fouettant son propre visage dans des mouvements fougueux, presque bestiaux ; Paul se surprit à remercier Émilie. Grâce à elle il pouvait ajouter une voix à son fantasme jusqu'alors muet. Il entendait la voix d'Émilie dire et répéter son prénom. « *Paul* ».

Alors que la voix d'Émilie se faisait de plus en plus forte, qu'il l'entendait répéter son prénom encore et encore. Paul se sentit soudain transporté loin, avec elle.

Il souffla bruyamment et lâcha dans un soupire :

- Émilie…

* * *

Alors qu'elle pédalait avec frénésie vers le soleil levant pour rentrer chez elle, Émilie sentait des larmes se glacer sur ses joues.

Elle imaginait les pensées que pouvaient avoir les quelques chauffeurs qu'elle croisait. Peut-être pensaient-ils qu'elle ne roulait pas prudemment, peut-être se demandaient-ils ce que faisait une jeune femme sur un vélo un dimanche matin, peut-être pensaient-ils qu'elle descendait cette côte bien trop vite, que sur son petit vélo en plein automne elle risquait de glisser sur une feuille morte et finir elle aussi morte.

Pour la première fois depuis longtemps, Émilie prit conscience que l'avis des inconnus lui importait. Elle détestait cela. Elle se détestait.

« *Pourquoi ?* ». Elle donna un coup de pédale colérique pour passer avant que le feu ne devienne rouge. Elle repensait à Florent, à Valérie, à tous ces gens qui pensent savoir mieux qu'elle ce dont elle avait besoin. Pourquoi soudain leur avis lui importait ?

« *Pourquoi ?* ». Elle donna un nouveau coup de pédale sans raison cette fois-ci. Elle pensa à tout ce qu'elle avait fait et vécu pour s'affranchir du regard des autres. Tout le travail qu'elle avait fait pour ne plus jamais s'inquiéter de ce que pouvaient penser des inconnus avait été balayé par Florent, par Valérie. Pourquoi maintenant leur avis lui importait ?

« *Pourquoi ?* ». Encore un coup de pédale. Elle était tellement mieux seule au bout du monde, là-bas elle n'avait besoin de personne, personne ne la connaissait et personne ne lui disait ce qui était bon pour elle. Pourquoi n'était-elle pas restée au bout du monde ?

« *Pourquoi ?* ». Sans être complètement à l'arrêt, Émilie descendit de son vélo et manqua de tomber. Pourquoi ; alors qu'elle était revenue en France pour retrouver un certain équilibre, pour retrouver des attaches, pour retrouver cette stabilité nécessaire à la vie d'adulte ; pourquoi se sentait-elle perdue, chancelante, déséquilibrée ?

« *Pourquoi ?* ». Essoufflée, elle enfonça la grande porte grinçante et rangea son vélo sous l'escalier de son immeuble. Elle monta les marches d'escalier en hâte et arriva dans son petit appartement sous les combles. A bout de souffle, elle se dirigea vers sa salle de bain en se débarrassant sur le chemin de son sac, de son manteau et de ses vêtements. Elle regarda son reflet dans son miroir mal éclairé avant de baisser les yeux.

Sous la douche elle prit conscience de l'aspect pitoyable que pouvait avoir sa vie. Pourquoi s'en rendait-elle compte maintenant ? Si l'eau chaude ruisselait sur son visage, elle savait que parfois les gouttes sur ses joues étaient des larmes.

« *Dernière nuit ce soir. Dernière nuit ce soir. Dernière nuit ce soir. Dernière nuit ce soir* », tenta-t-elle de se répéter pour parvenir à dormir sans penser, sans pleurer.

* * *

Paul était nerveux. Il devait respecter son plan à la lettre ou tout risquait de rater. Jusque là Monsieur Legros allait bien, et c'était normal. C'est après le résultat de la prise de sang que tout commencerait.

A dix heures, alors qu'il préparait le petit déjeuner de Charlotte, il s'empara de son téléphone et respira profondément avant d'appeler la clinique :

- Soins intensifs, Florent, un infirmier, dit la voix au téléphone.

- Docteur Calldet au téléphone, j'appelle pour les résultats des bilans, répondit froidement Paul.

Paul n'aimait pas Florent. A ses yeux il était un infirmier hypocrite. Il savait qu'il lui léchait les bottes, jusqu'alors ça ne le dérangeait pas et il passait outre, mais depuis l'arrivée d'Émilie, il avait le désagréable sentiment qu'il se tissait entre eux une relation particulière. Même s'il ne faisait pas le poids par rapport à lui, Paul n'aimait pas la concurrence, alors il détestait Florent.

- Oh bonjour Docteur Calldet, j'espère que vous passez un bon week-end ! S'exclama Florent d'une voix bien trop enjouée.

Paul sentit une moue de dégoût se former sur son visage alors qu'il répondait à Florent par un simple grognement, avant d'ajouter, autoritaire :

- Les résultats des bilans sanguins ?

- Oui ! Justement j'attendais votre appel commença Florent.

L'infirmier débitait des chiffres sans que Paul ne prenne réellement le temps d'écouter, un seul chiffre l'intéressait.

- Oui, oui, le coupa le médecin. La coag' de Monsieur Legros, elle est à combien ?

- Vous voulez le TCA[4] ? Demanda Florent.

- Bien sûr que je veux le TCA, répondit Paul excédé.

- Alors attendez… Répondit Florent, Paul entendait le bruit des feuilles qu'on tourne avec hâte. On a un rapport TCA à 1,6 avec de l'héparine[5] à dix milles unités sur douze heures… C'est bien ! Conclut-il après une courte réflexion.

---

4 *TCA : Temps de céphaline activé. Test sanguin mettant en évidence la coagulation sanguine d'un patient.*

5 *Héparine : Médicament anticoagulant.*

- C'est bien ? Répéta Paul. Vous êtes médecin vous maintenant ?

- Non, non, non… Bégaya Florent. Je voulais juste dire que…

- Il me faut plus. On va l'anticoaguler plus au vu de ses antécédents…

Il fallait que Monsieur Legros soit anticoagulé. Il fallait que la prothèse aortique de Monsieur Legros le soit, sinon ce serait prendre le risque de la boucher et le patient pourrait perdre ses jambes puis la vie.

Or, chez un patient anticoagulé ayant subi cette chirurgie, une brèche pourrait entraîner une hémorragie. Massive et immédiate ou vicieuse et détectée seulement plusieurs heures après, cela dépendait de la taille de la brèche. Paul connaissait cette chirurgie par cœur, il l'avait faite et répétée, tous les jeudis depuis plusieurs années. Il connaissait exactement les conséquences que pourraient avoir une brèche sur la vie du patient et il connaissait tout aussi exactement la taille nécessaire de la brèche pour qu'une hémorragie soit vicieuse et découverte plusieurs heures plus tard, par l'infirmière de nuit seule dans son service.

Il le savait parce qu'il avait travaillé dessus pendant plusieurs années pour cette occasion en particulier.

- Docteur ? Entendit Paul au bout du téléphone.

- Mmmh ? Grogna-t-il.

- Vous voulez augmenter l'héparine à combien pour anticoaguler Monsieur Legros ? Demanda Florent.

- Augmente de moitié, répondit froidement Paul.

- On passerait à quinze milles unités ? S'enquit Florent d'un ton hésitant.

- Hé oui ! t'es un matheux toi, dit Paul d'un ton hautain avant de raccrocher.

Paul soupira profondément avant de poser son téléphone. Il était exténué d'avoir parler à Florent, un être doté d'une telle bêtise ne devrait pas avoir à s'occuper de choses si importantes que ses patients.

Il se leva et se dirigea vers son bureau en silence et ouvrit son ordinateur pour accéder au dossier de Monsieur Legros. Il ouvrit une nouvelle note. Toutes ces années lui avaient prouvé que les infirmiers ne lisaient pas les notes des médecins s'ils les avaient eu au téléphone avant. Alors il écrivit :

« *Changement de la dose d'héparine. Passage de 10000 UI à 12500/12h, consigne orale donnée à infirmier FN ce jour.* ». Qui irait mettre quinze milles unités à un patient de ce gabarit ? C'est ce qu'allait faire Florent Netter, et sans se poser de questions visiblement.

Il n'y avait aucune raison pour que cela arrive, mais en cas de malheur, les consignes du médecin n'indiquaient pas quinze mille mais douze mille cinq cent. Consignes que l'infirmier n'aurait pas suivies et ce dernier serait alors le seul fautif.

Paul referma son ordinateur avant de se diriger vers la cuisine pour préparer le petit déjeuner de Charlotte. Il était très excité mais avait hâte que cette journée se termine et que le crépuscule l'amène jusqu'à Émilie.

* * *

Le téléphone d'Émilie sonna. Cela la réveilla et elle se détesta de ne pas avoir pris le temps de le mettre en silencieux avant d'aller se coucher.
Avant de décrocher elle regarda l'heure, quinze heures trente, elle avait encore du temps de répit avant de retourner au travail, au bagne.

Elle soupira longuement avant de répondre avec une voix faible et rauque :

- Allô, bonjour Mémé Marie...

- Bonjour ma chérie, comment vas-tu ? Demanda une vieille voix haut perchée.

- Fatiguée et endormie, mais ça va, et toi ?

La grand-mère marqua un temps de pause avant de rétorquer :

- Endormie ? Mais il est trois heures ! T'as fait la fête hier soir toi...

- Non Mémé, j'aurais préféré, mais je travaille de nuit ce week-end... Répondit Émilie de la voix la plus calme qu'elle put.

- Oh ! Tout le week-end ? S'exclama la grand-mère, si fort que la petite fille dû éloigner le combiné de son oreille.

- Oui, oui, répondit cette dernière. Vendredi, samedi et ce soir.

- Olala olala... S'affola Marie. Bon, et à part ça, tu vas bien ?

Émilie se sentit tomber, s'enfouir si profondément dans son matelas qu'elle sentit sa poitrine se serrer et sa respiration se fit avec plus de difficulté.

« *Tu vas bien ?* », se demanda Émilie à elle-même. Trois mots pour poser la plus banale des questions appelant une réponse tout aussi banale. Parce que jamais personne ne répond « *Non.* », pensa Émilie.

Une partie d'elle mourait d'envie d'exprimer son mal-être, une partie d'elle rêvait de pleurer à chaudes larmes. Mais une petite voix lui soutenait que ce n'était pas le moment et que sa grand-mère n'était pas la personne appropriée à écouter sa plainte.

Émilie n'allait pas bien mais elle fit comme tout le monde, elle répondit :

- Je vais bien, un peu fatiguée, et toi Mémé ?

Sa grand-mère avait parlé au téléphone pendant près d'une heure. De tout, et surtout de rien. Comme à chaque fois elle avait raccroché en l'embrassant et en lui disant de prendre soin d'elle. Émilie désirait plus que tout de prendre soin d'elle. Mais elle ne savait même pas par où commencer et elle n'avait pas le temps, il fallait qu'elle se prépare pour retourner à la clinique, une dernière fois.

Chapitre X
LE SACERDOCE DU ROI

<u>Danse macabre</u>

Camille Saint-Saëns

Charlotte avait passé un week-end extraordinaire avec Paul. Elle se rendait enfin compte de la chance qu'elle avait d'avoir un oncle comme lui. Il était avec elle comme il ne l'avait jamais été. Elle apprenait beaucoup et tout le temps, elle riait énormément et pour tout. Ces moments elle les partageait avec Paul et c'est ce qu'elle préférait.

Paul prenait une place de choix dans sa vie et Charlotte le laissait faire. Elle ne se souvenait pas de son père, tout ce qu'elle savait c'est qu'il s'appelait Antoine, qu'il était parti et que sa mère avait pleuré et pleurait encore. Antoine était quelqu'un de méchant, un mauvais papa et Paul le remplaçait très bien, pensait Charlotte.

Son oncle avait peut-être été un homme distant, antipathique et peu attentionné. Mais après avoir passé deux jours entiers avec lui, Charlotte prenait réellement conscience de son changement. L'homme que Paul avait été avait disparu de leurs vies de la même façon qu'Antoine l'avait fait, pour faire place à cet oncle qu'elle admirait. Maintenant, ils pouvaient être heureux en partageant le meilleur de chacun. Ils étaient enfin devenus une famille.

Ce dimanche-là, ils étaient partis se promener au parc avant d'aller au cinéma. Charlotte aimait quand Paul l'emmenait au cinéma parce qu'il n'y avait qu'avec lui qu'elle y allait. Peut-être ne savait-il pas quoi faire d'autre avec une enfant, mais elle s'en moquait. Pour elle, c'était leur moment à eux, l'activité qui les réunissait pleinement.

Alors que la lumière du soleil commençait à faiblir en cet après-midi d'automne, Charlotte et Paul rentrèrent prendre le goûter dans l'appartement de ce dernier.

La gamine avalait une crêpe au chocolat. Les yeux rivés sur son oncle, elle réalisait qu'elle s'était perdue dans ses pensées. Paul était assis face à elle, concentré sur un livre aux pages cornées :

- Tu lis quoi ? Demanda Charlotte.

Paul ne cilla pas, il était absorbé. Elle n'aimait pas quand il redevenait le grand chirurgien et laissait de côté sa place d'oncle.

* * *

Il avait entendu la question de Charlotte. Mais il n'avait pas le temps, il savait ce qu'il avait fait et ce qu'il faisait. Monsieur Legros devait être son sacerdoce et Émilie devait en être impressionnée, alors il ne cessait d'y travailler.

Il regarda sa montre. Cela faisait près de dix heures qu'ils avaient augmenté l'anticoagulant, l'hémorragie devait être déjà commencée. Mais elle était vicieuse, Florent et Valérie ne devraient pas tarder à l'appeler pour signaler quelque chose. « *Si ces deux-là sont capables de réfléchir...* », pensa Paul.

Il entendit une petite voix simuler une quinte de toux. Il leva les yeux et regarda sa nièce, le visage recouvert de chocolat. « *Pourquoi les enfants sont-ils constamment sales ?* », se demanda Paul.

- Oui ? Répondit-il en baissant à nouveau les yeux sur son livre.

- Tu lis quoi ? Demanda à nouveau Charlotte d'un ton impatient.

Paul soupira. Il avait accordé beaucoup de temps à sa nièce ces derniers jours mais dorénavant il n'en avait plus à perdre. Même s'il était certain de ce qu'il avait fait le jour de l'opération, il ne pouvait pas s'octroyer un répit. Ces dernières heures seraient décisives pour lui et Émilie.

- Je révise un peu, répondit-il simplement.

- Tu révises ? S'exclama la gamine. Mais pourquoi ? T'es pas sûr de ce que t'as fait ?

Paul leva les yeux une seconde fois. Bien sûr qu'il était sûr de ce qu'il avait fait, il était le meilleur chirurgien vasculaire qu'il connaissait. Comment sa nièce pouvait douter de cela ?

- Je suis sûr, mais c'est en continuant de travailler, en cherchant, en essayant qu'on devient encore meilleur.

- C'est pour ça que t'es le meilleur, t'as essayé des choses ? Lâcha la gamine en soutenant son regard.

Paul fronça les sourcils. Il n'aimait pas la lueur espiègle dans les yeux de Charlotte. Il avait le sentiment qu'elle savait ce que personne n'avait deviné. Savait-elle qu'il s'était entraîné sur plusieurs patients pour maîtriser entièrement une opération ? Savait-elle qu'il était capable de décider de la vie ou de la mort des ses patients ? Savait-elle qu'à cet instant un homme débutait une hémorragie interne parce qu'il l'avait décidé ?

Non, elle ne pouvait pas savoir. Ce n'était qu'une enfant. Il ne comprenait pas comment une gamine réussissait parfois à le faire douter au point de le mettre mal à l'aise. Personne n'avait jamais réussi à le déstabiliser. Il sourit. Paul avait presque envie de féliciter sa nièce.

- J'essaye de nouvelles choses tous les jours, répondit Paul. C'est pour ça que je suis le meilleur, oui.

Son téléphone sonna, son cœur se mit à battre plus vite et plus fort. Le compte à rebours commençait.

- Oui ? Dit Paul en décrochant.

- Rebonjour, Docteur. C'est Florent, l'infirmier des soins continus.

Il soupira bruyamment pour veiller à ce que cela soit entendu de l'autre côté du téléphone. Il ne savait pas s'il eut préféré être appelé par Florent, l'incapable et pédant ou Valérie, la vieille mégère du service à l'affût des ragot.

- Oui ? Répéta Paul d'un ton excédé.

- Je voulais vous informer à propos des pouls[6] de Monsieur Legros.

- Ses pouls ? Paul savait exactement ce qu'il se passait à l'intérieur du corps de son patient, mais évidemment il ne pouvait pas le montrer.

- Oui, commença Florent d'un ton hésitant. On avait bien deux pouls pédieux encore ce matin, mais là ce soir c'est plus compliqué d'avoir son poul au pied droit.

---

6 *Pouls : Battements des artères perceptibles au toucher.*

Paul dû réprimer un sourire. Tout fonctionnait parfaitement. La circulation artérielle de Monsieur Legros se faisait plus difficilement à cause de cette minuscule brèche au niveau de son artère principale.

- Il peut les…

- Il bouge, ses pieds sont…

- Vous m'avez coupé, dit Paul sévèrement.

- Oui, excusez-moi, dit Florent d'un ton penaud.

- Bon… Commença Paul tout en savourant l'instant. Donc il bouge. Les pieds sont chauds, rosés, sensibles ?

- Chauds, rosés et sensibles, oui, répondit l'infirmier d'un ton militaire.

- Les deux pareils ?

- Oui, docteur.

« Évidemment les deux pareils, c'est moi qui l'ait choisi, imbécile. », pensa Paul.

- Si ça évolue encore rappelez-moi sans hésiter, termina Paul en raccrochant.

Paul inspira profondément. Tout se déroulait comme il l'avait décidé. Il imaginait déjà Émilie l'appeler, légèrement affolée. Non, elle serait calme, comme elle l'était toujours. Elle lui dirait doucement que le pied de Monsieur Legros était blanc et froid. Elle aurait l'air concernée, pas inquiète, mais il lui dirait tout de même : « *Ne vous inquiétez pas. J'arrive tout de suite.* ». Puis il roulerait vite pour sauver son patient avec Charlotte endormie sur son épaule.

Il s'étira et ses yeux se posèrent sur sa nièce qui avait un air impressionné :

- Tu fais peur quand tu parles comme ça, dit-elle. Je suis bien contente que tu ne le fasses plus avec moi.

Paul ne put réprimer un rire. Il ne savait pas si c'était la fatigue, la fierté d'avoir réussi à amener son patient exactement où il voulait le mener, le bonheur de savoir que dans quelques heures Émilie serait dans ses bras ou l'air candide de sa nièce. Mais Paul riait.

Chapitre XI
LA CATHARSIS DES DÉMONS

<u>La Danse Des Chevaliers</u>
Sergueï Prokofiev

Émilie ne voulait pas retourner au travail. Elle détestait ses collègues, détestait les lieux, détestait sa cheffe, détestait les patients, détestait travailler de nuit. Elle détestait tout ce pourquoi elle pédalait dur dans cette côte. Et pourtant elle pédalait.

Elle ne pouvait s'empêcher de penser que si elle avait choisi un autre métier, elle ne serait probablement pas en train de s'y rendre un dimanche soir à vélo. Elle ne serait probablement pas confrontée à la mort, la méchanceté et le mépris de ses collaborateurs.

Émilie était fatiguée de se battre. Fatiguée. Fatiguée de s'occuper de patients ingrats. Fatiguée d'être au service de docteurs méprisants. Fatiguée d'être seule et maltraitée par ses collègues. Elle avait maintenant la conviction, à cause de Florent, que ses collègues la voyait comme une « *fille facile* », célibataire mais jamais seule.

Émilie était fatiguée du regard des autres et de l'importance qu'elle leur accordait depuis peu. Elle s'était toujours battue contre ces regards, quand elle était partie seule à l'aventure pour entreprendre un tour du monde. Les regards de ceux qui répétaient que « *ce n'est pas prudent pour une fille de partir seule* » et que « *une jolie fille prend beaucoup de risques en partant seule* » ; Émilie s'était battue contre ces regards, quand elle était sur ces plages paradisiaques, qu'elle gravissait ces sommets indomptables ; ces mots, ces regards glissaient sur elle sans l'atteindre. Elle en venait même à les oublier.

Et pourtant, alors qu'elle continuait à pédaler vers ses collègues, Émilie sentait déjà leurs regards brûler son corps, elle sentait déjà leurs jugements briser son cœur. Et soudain, elle sentit des larmes couler à cause de leur antipathie et de leur malveillance.

Ces regards contre lesquels elle s'était tant battue la rattrapaient et la faisaient souffrir. Ces jugements auxquels elle n'avait jamais réellement prêté attention résonnaient en elle. Elle s'était dit et répété que « *l'être humain n'avait besoin de personne en particulier, mais des gens en général* » et après toutes ces années de solitude appréciée, de célibat savouré, de bonheur non partagé. Émilie se retrouvait face à la dureté et la malveillance des gens en général.

En garant son vélo, elle se mit à penser que peut-être elle aurait besoin de quelqu'un en particulier, d'un ami, d'une épaule, d'un partenaire, d'une personne qui l'écouterait, qui partagerait sa peine. « *Partager sa peine avec quelqu'un doit la faire diminuer de moitié.* », pensa Émilie en enfilant sa tunique blanche.

Elle avait besoin d'amis. Au moins un.

- Ça y est, c'est ta dernière nuit ! Lui lança Valérie quand Émilie fit son entrée dans le service. Émilie ne réagit pas, elle s'installa sur un tabouret, prit un stylo dans sa poche et une feuille blanche dans l'imprimante.

- Tous les patients sont partis ? Demanda t-elle quand elle posa les yeux sur le scope central sur lequel elle ne voyait que deux chambres occupées.

Valérie lui sourit, des rides se formèrent au coin de ses yeux et de ses lèvres quand elle répondit d'un ton mielleux :

- Quand il y a une aorte le dimanche soir dans le service, c'est mieux…

Émilie soupira. Elle avait oublié qu'en plus de tout ce qu'elle avait en tête, les nuits de dimanche étaient celles qui faisaient péter les aortes.

- Ah... Oui, répondit-elle excédée. Et Monsieur Legros il va comment du coup ?

- Toujours le même, commença rapidement Florent sans la regarder. On a augmenté un peu l'héparine ce matin, tout allait très bien et tout à l'heure, on ne sentait plus vraiment de pouls du côté droit.

Émilie ne cilla pas. Après tout, elle n'était plus à cela près.

- Vous avez appelé le chirurgien ? Demanda-t-elle en regardant Florent avec insistance.

- Bien sûr que je l'ai appelé, répondit ce dernier d'un ton agacé en la regardant brièvement dans les yeux.

- Oui, et alors ? Répondit Émilie sans se préoccuper du ton insolent qu'elle avait pris.

Florent ouvrit la bouche les sourcils froncés, mais Valérie le coupa pour dire calmement :

- Il a dit qu'il ne fallait pas que tu hésites à l'appeler si jamais il y avait quoique ce soit, elle insista sur ces trois derniers mots.

- D'accord, lâcha Émilie.

Pendant les transmissions, Émilie écoutait à peine. Elle connaissait ses patients et ses pensées s'emportèrent. Elle ne voulait pas le montrer et avait des difficultés à se l'avouer, mais au fond d'elle elle était heureuse de savoir que Monsieur Calldet, Paul, viendrait ce soir. Même s'il avait pu avoir l'air insistant, Émilie sentait qu'il avait pour elle un réel intérêt, elle sentait qu'il buvait ses paroles, elle le sentait à l'écoute, du moins à son écoute.

Et elle en avait besoin.

- Voilà, rien de neuf, que du vieux termina Valérie. Tu vas pas tarder à appeler ton amoureux à la rescousse pour Monsieur Legros je pense.

Émilie leva les yeux, désemparée devant le regard grivois de Valérie.

- Mon quoi ? S'exclama-t-elle sans se rendre compte de la fréquence élevée de sa voix.

Valérie et Florent se regardèrent. Florent avait dans ses yeux cette lueur malsaine, cette lueur qu'Émilie commençait à connaître, cette lueur qu'il avait eu quand il avait décidé de lui faire mal avec ses mots. Quant à Valérie, elle semblait partagée entre l'amusement et le mépris.

Émilie fondait. Elle s'était toujours vue comme une montagne forte et imperturbable ; soudain elle découvrait qu'elle n'était rien qu'un iceberg, un grand glaçon au milieu de l'océan, vouée à disparaître.

- Mon quoi ? Répéta-t-elle en tentant de rester calme, forte et imperturbable.

- On t'a vue, la première fois que vous vous êtes rencontrés, Florent m'a dit que c'était le coup de foudre, il t'a de suite appelée par ton prénom. Lui il te demande de l'appeler « *Paul* », il te dévore des yeux et toi tu n'arrêtes pas de le fuir. Tu caches bien ton jeu, mais on a compris tous les deux, dit-elle en désignant Florent d'une main.

- Quoi ? Émilie était perdue. Elle prenait conscience à quel point la vérité pouvait avoir différents revers.

Valérie et Florent rirent en se levant. Son sac sur l'épaule, la mégère suivit le pervers malveillant vers la sortie avant de se retourner pour lancer à Émilie avec une voix amusée :

- Mais c'est pas grave, je te l'avais dit, une jeune et jolie infirmière comme toi, normal que t'aies envie d'un jeune et beau médecin... C'est juste que les autres vont être jalouses !

Émilie explosa sans se préoccuper des larmes qui s'étaient mises à couler sur ses joues sans crier gare :

- Hé bien oui ! J'ai toujours rêvé de me faire un médecin, beau et riche. J'ai toujours rêvé de ça moi aussi, parce que vous avez raison, la solitude ça va bien cinq minutes ! J'ai assez profité de mon célibat pour tout essayer, maintenant il serait tant que je mette le grappin sur un bon parti ! Parce qu'après tout, elle tourne mon horloge biologique, hein ?

Le silence qui se fit était aussi lourd que le poids qui venait de tomber dans le ventre d'Émilie. Derrière ses larmes elle voyait une Valérie faussement désolée et un Florent au sourire amusé.

Quand la rombière s'approcha d'elle pour tenter de sécher ses larmes, Émilie ne l'écoutait pas. Ses excuses sonnaient tellement hypocrites qu'elle lui dit de partir.

Émilie se sentait seule.

Chapitre XII
LES PIONS DU ROI

La Forza del Destino, Ouverture
Giuseppe Verdi

Paul lui tendait un gobelet de sirop. Quand sa nièce avait dit et répété qu'elle n'était pas malade, il lui avait dit et répété qu'il était médecin et qu'il savait reconnaître le début d'une vilaine toux.

Charlotte avait tenté de durcir son regard pour lui faire comprendre son mécontentement, en vain. Paul lui avait fait du chantage :

- Si tu le bois, je te lis une histoire, et tu vas voir tu vas t'endormir très vite…

- Mais je veux pas dormir ! S'était exclamé la gamine.

Le sommeil était une perte de temps. Les instants qu'elle passait endormie étaient, aux yeux de Charlotte, des instants qu'elle passerait seule, des instants en moins qu'elle aurait pu partager avec Paul.

Son oncle lui fit les gros yeux.

- Le sirop et l'histoire ou ni l'un ni l'autre ? Demanda-t-il en lui posant un ultimatum.

Charlotte le savait, cette histoire serait leur dernier moment de partage. Alors elle se résigna à boire le sirop dans le verre bien rempli que lui tendait Paul.

Elle grimaça avant même de se rendre compte que le goût sucré du médicament tapissait son palet, pour son plus grand bonheur.

- Il est pas si mauvais mon sirop, dit Paul qui avait dû voir la lueur de délice dans les yeux de Charlotte.

La gamine croisa les bras, ne voulant pas admettre que son oncle avait raison. En s'essuyant la bouche d'un revers de la main, elle répondit simplement d'un ton impatient :

- Et l'histoire alors ?

Paul regarda au sol, en se passant une main dans les cheveux.

* * *

« *Avec cette dose là, elle devrait s'endormir rapidement, pour une heure au moins* », pensa Paul en posant le flacon de sirop au pied du lit. Il regarda sa nièce qui avait ce regard autoritaire qui détonnait entièrement avec son visage d'enfant.

- Bon… Tu veux quoi, des princesses, des dragons et un chevalier ?

Charlotte se gratta longuement le menton avant de s'exclamer :

- Oui ! Mais ce serait la princesse qui sauverait le dragon du prince !

* * *

- Quoi ? Demanda Paul surpris.

Paul ne comprenait jamais rien à ce que Charlotte lui demandait. Elle lui avait trouvé une idée géniale d'histoire et il trouvait encore le moyen de ne pas le voir. Elle commença à ouvrir la bouche pour se lancer dans une explication relativement exhaustive de son souhait quand Paul la coupa :

- Oui, d'accord, d'accord... Alors... Paul se gratta la tête dans une réflexion compliquée. Hé bien... Il était une fois...

Charlotte écoutait avec avidité. Paul n'était vraisemblablement pas doté du talent de Papi pour conter les histoires, mais les efforts qu'il faisait lui faisaient plaisir et la rassuraient. Sans même s'en rendre compte, elle ferma les yeux au moment où le chevalier emprisonnait le dragon.

Alors qu'elle commençait à s'assoupir, elle entendit le téléphone de son oncle sonner. Elle tenta d'ouvrir les yeux mais ils semblaient ne plus répondre à ses envies. La voix de Paul était lointaine, mais elle l'entendit distinctement dire :

- Ne vous inquiétez pas. J'arrive tout de suite.

Avec difficulté, elle ouvrit un œil quand elle sentit Paul se pencher sur elle pour lui dire :

- Charlotte ? Continue de dormir. Mais on va devoir aller à mon travail, je dois aller sauver quelqu'un…

Charlotte grogna quand Paul la porta jusqu'à la voiture emmitouflée dans sa couverture, il prit soin de l'attacher. La route était floue, la gamine ne distinguait que les lumières de la ville. Quand le moteur s'arrêta Charlotte était fatiguée.

Paul la porta encore quand ils entrèrent dans un bâtiment. Au creux de ses bras, l'oreille sur sa poitrine, elle entendait les battements de son cœur qu'elle trouvait accélérés maintenant qu'elle se concentrait dessus.

- Bonsoir Émilie, l'entendit-elle dire.

Ce qui expliquait pourquoi son coeur battait si vite et pourquoi il avait si chaud. Charlotte voulut rire, mais seul un grognement sortit de sa bouche.

- Je ne voulais pas la réveiller, c'est Charlotte, ma nièce. Je devais la garder, ma sœur est partie en week-end, expliqua Paul.

- Oui, je comprends, dit une douce voix dans un murmure.

Charlotte aimait la voix d'Émilie. Elle voulait la regarder, mais ses yeux s'ouvrirent avec difficulté. Elle ne vit que le blanc de sa tunique et la pâleur de sa peau. Mais elle devait être évidemment très jolie.

- On va la mettre dans le lit en face du bureau, comme ça je garderai un œil sur elle quand elle se réveillera, murmura Émilie.

- Merci beaucoup, dit Paul.

Après une courte pause, il continua avec un ton hésitant :

- Vous… Vous allez bien Émilie ? Vous avez l'air fatiguée.

* * *

Bien sûr qu'elle était fatiguée. Elle représentait à cet instant le condensé de toutes les fatigues que pouvait ressentir un être humain. Son travail la fatiguait physiquement, moralement et ses collègues l'avaient détruite émotionnellement. Alors oui, Émilie était fatiguée et non, elle n'allait pas bien. Pour la première fois depuis plusieurs mois, quelqu'un lui demandait comment elle allait en s'intéressant réellement à la réponse qu'elle donnerait.

Elle se battit contre elle-même pour ne pas pleurer. Elle baissa les yeux et tenta de ne pas s'attarder sur chacun des détails qui rendait

Monsieur Calldet humain en cet instant. Son air débraillé dans sa chemise du dimanche froissée qu'il avait dû récupérer dans le panier de linge sale quand elle l'avait appelé. Ses cheveux mal coiffés témoignaient du fait qu'il s'était couché, puis relevé pour son patient. Et cette gamine, sa nièce, endormie dans ses bras, ce visage d'ange qu'il ne s'était pas résigné à réveiller.

Émilie, pour la seconde fois de la soirée, se sentit fondre. Non pas comme un iceberg en perdition, cette fois-ci elle se sentait comme une glace savourant les rayons du soleil d'été en attendant de se faire dévorer.

Elle se perdit dans les yeux de Monsieur Calldet quand elle tenta de lui mentir, des larmes s'échappèrent :

- Oui, je vais bien.

* * *

« *Non, non, non, non, non !* », Paul n'avait pas prévu cela. Avec Charlotte dans les bras, il se sentait désemparé, il ne pouvait rien faire. Pourquoi Émilie pleurait ? Elle ne devait pas pleurer !

- Attendez, attendez, ne bougez pas ! Lui dit-il.

Il se dirigea vers la chambre vide en face du bureau et déposa Charlotte sur le lit sans se préoccuper de la couvrir. Il avait autre chose de plus important à faire : Émilie. Il laissa la porte ouverte et se dirigea vers l'infirmière.

- Je suis désolée, dit-elle en séchant ses larmes. Du coup. Voilà, Monsieur Legros, n'avait plus de pouls au pied droit vers dix-sept heures, tenta-t-elle d'expliquer entre deux sanglots. Et à vingt-et-une heures il s'est plaint de douleurs, le pied est blanc, froid et…

- Attendez Émilie, la coupa Paul. Respirez calmement, ajouta Paul en posant ses mains sur les épaules de la jeune femme.

Ses pleurs étaient en réalité une aubaine pour Paul, il tournerait cela à son avantage sans aucune difficulté. Émilie avait une respiration saccadée par ses pleurs, mais elle avait l'air de se calmer. Paul voyait qu'elle fuyait son regard, mais il ne pouvait s'empêcher de contempler ses yeux, la couleur verte de ses iris ressortait grâce à la rougeur qui les entourait. Son visage pâle avait pris les couleurs de la tristesse, la rougeur de ses pommettes la rendait irrésistible à ses yeux.

Il sourit et, sans qu'il ne pu se retenir, il dit :

- Vous êtes magnifique.

Émilie eut un sourire gêné. Paul était en train de gagner.

- Vous pouvez surveiller Charlotte pendant que je descends avec Monsieur Legros au bloc ?

- J'ai déjà pris soin d'appeler l'équipe de chirurgie et d'anesthésie, ils doivent avoir préparé la salle.

Émilie tourna les yeux vers la gamine, visiblement attendrie, elle sourit et hocha la tête.

- Je descends Monsieur Legros, vous gardez un œil sur ma nièce, vous appelez ma sœur et je remonte Monsieur Legros. D'accord ?

- D'accord, dit Émilie d'une voix faible.
Paul se pencha vers elle et tendit la main pour remettre une mèche de cheveux derrière son oreille. En effleurant sa joue il ajouta dans un murmure :

- Et quand je remonte on parle de tout ça, vous voulez ?

* * *

Cet homme, qu'elle avait toujours cru hautain, méprisant et imbu de lui-même. Cet homme dont elle avait eu peur, dont elle avait été dégoûtée. Cet homme, il serait peut-être celui qui deviendrait son ami ?

- Merci Docteur, dit Émilie d'une voix qu'elle voulait des plus respectueuse.

- Je t'ai dit de m'appeler Paul, dit le médecin en prenant Émilie de ses bras.

Là, perdue au cœur de son ami, Émilie se sentait mieux. Sa solitude était loin.

Chapitre XIII
L'ÉCUYÈRE ET LA CHEVALIÈRE

Barcarolle, Op. 71
Mel Bonis

Elle avait passé ses deux derniers jours tiraillée entre le bien-être que lui procurait sa solitude et le sentiment de manque qui l'habitait à chaque instant qu'elle passait seule.

Elle avait longtemps nourri un sentiment profond de haine à l'égard d'Antoine. Elle avait détesté son conjoint de l'avoir abandonnée, laissée seule avec une fille. Alors qu'ils rêvaient ensemble de voyages et de découvertes, elle était convaincue qu'il avait voyagé et découvert le monde seul ou avec quelqu'un d'autre qui n'était pas elle. Peut-être même avait-il rencontré quantité de personnes à travers le globe. Ces pensées renvoyaient Lise à sa solitude qu'elle aimait tant et elle réalisa qu'il ne s'agissait pas de haine, mais de jalousie.

Même si elle ne se l'était jamais avoué, Lise avait longtemps envié Antoine d'avoir osé partir. Ce week-end là, en perdition dans un hôtel d'une ville peu connue mais magnifique, seule dans sa chambre à lire son livre, Lise réalisait que pour la première fois elle prenait le temps de lire, de déguster un verre de vin, de se détendre, de se lever tard. Lise ne se souvenait plus à quand remontait la dernière fois qu'elle avait fait ce que elle voulait, qu'elle avait vécu pour elle.

Antoine devait vivre ça depuis déjà plusieurs années, chaque jour il devait apprécier sa tranquillité et se féliciter d'être seul. Elle l'enviait et le détestait.

Elle faillit s'étouffer avec son vin quand son téléphone sonna. Par la fenêtre elle voyait les lumières de la ville, il faisait nuit. Un appel si tard, il était évidemment arrivé quelque chose à Charlotte. Lise entreprit de déposer son verre calmement, mais une tâche rosée s'entendit sur les draps.

- Merde…

Elle tenta de la faire disparaître en la frottant avec un revers de la manche de son peignoir. Comment avait-elle pu imaginer vivre sans Charlotte ? La personne qui l'appelait allait sûrement lui annoncer le pire. Elle aimait sa fille, qui était elle pour l'avoir laissée deux jours seule avec son frère, incapable avec les enfants ? Il était forcément arrivé quelque chose à Charlotte et elle n'avait pas été là pour la protéger.

- Allô ? Demanda-t-elle d'une voix suppliante en continuant de frotter les draps en guise de pénitence.

- Bonsoir, Madame Calldet, excusez-moi de vous déranger, commença une voix féminine et rassurante à l'autre bout du fil.

- Oui, bonsoir ? La coupa Lise sur un ton qu'elle voulait plus interrogatif qu'inquiet.

- Je m'appelle Émilie, je suis infirmière à la clinique où travaille votre frère, je suis vraiment désolée de vous déranger, ajouta-t-elle.

Lise commença à imaginer ce qui avait pu arriver à Charlotte ou à Paul ou a eux deux pour qu'une infirmière de la clinique l'appelle. L'infirmière reprit, sur un ton gêné :

- Votre frère a dû venir en urgence à la clinique, il m'a dit qu'il devait garder votre fille ce soir, malheureusement il est au bloc opératoire et il se demandait si vous pouviez venir la chercher.

- Mais Charlotte va bien ? Ne put se retenir de demander Lise.

- Oui, oui, ne vous en faites pas ! La rassura Émilie. Je n'ai pas beaucoup de patients, elle est dans une chambre juste en face de mon bureau, elle dort pour le moment. Tout va bien.

Lise soupira sans savoir s'il s'agissait de soulagement ou de lassitude. Partagée entre le sentiment de voir son week-end de tranquillité écourté parce que Monsieur son frère Docteur Dorian Paul Calldet avait une urgence à gérer et le bonheur de revoir sa fille, son astre, sa vie le soir même ; Lise répondit simplement :

- Je serai là dans deux heures, merci de m'avoir prévenue. Essayez de la réveiller un peu avant que j'arrive, pas qu'elle se sente trop perdue.

* * *

- Charlotte ? Entendit-elle au loin. Charlotte, répéta la voix.

Charlotte était perdue loin dans son sommeil, mais elle sentait qu'elle pouvait se réveiller si elle le voulait vraiment. Elle grogna et bougea.

- Ta maman va venir te chercher, dit la voix.

Elle tentait de se rappeler. Paul lisait l'histoire. Son téléphone avait sonné. La voiture. L'hôpital. Les bras de Paul et…

- Émilie ? Demanda-t-elle en ouvrant les yeux avec difficulté.

Charlotte voulait la voir. Paul lui avait montré une photo, une fois. Quand, derrière ses paupières, elle découvrit un ange, l'ange de Paul, Charlotte sourit.

- Oui, je m'appelle Émilie. Ton tonton doit travailler, c'est pour ça que tu es là, mais ta maman va venir te chercher. D'accord ?

Charlotte se força à ouvrir les yeux en grand. Émilie était là. A l'image de sa voix, son visage était doux quoique fatigué par endroits. Ses cheveux blonds tombaient avec grâce sur ses tempes, un sourire rassurant creusait des fossettes aux coins de ses lèvres et des petites rides à ceux de ses yeux. Charlotte regarda attentivement ses yeux, rougis par la fatigue, ils étaient verts, ils étaient beaux. Rougit par la fatigue ?

- T'as pleuré ? Demanda la gamine.

Émilie se figea, un voile passa devant ses yeux. Charlotte sentit un froid s'installer dans la pièce. Papi disait parfois : « *Juste avant que les adultes ne mentent, tu verras, il fait très froid. C'est normal, c'est la température qu'il fait dans leur cœur avant que leur mensonge ne le réchauffe un peu. Après leur mensonge, la température redevient normale.* ».

- Peut-être un peu, dit Émilie, gênée.

Charlotte attendit, mais il faisait toujours froid. Elle sentait qu'il ne fallait pas poser plus de questions, mais fatigue et curiosité la poussèrent :

- Pourquoi ?

L'infirmière sourit en regardant l'enfant. Charlotte n'aimait pas quand les grandes personnes la regardaient avec des yeux attendris.

Elle ne voulait pas être attendrissante, et surtout elle ne comprenait pas pourquoi elle l'était.

Émilie leva les yeux et répondit en cherchant ses mots :

- Parce que parfois je suis toute seule à me battre et les gens n'aiment pas que les filles se battent, ils ne les aident pas. Alors je continue à me battre seule. Et c'est dur.

La chaleur de la pièce ne se réchauffait pas. Charlotte repensa à ce que disait Papi. Émilie ne mentait pas.

- Tu te bats comme un chevalier ? Demanda la gamine.

Émilie éclata de rire et Charlotte sourit. Son rire franc l'avait surprise, mais il était beau et sincère.

- Oui, comme une chevalière, dit l'infirmière.

La chaleur commençait à s'installer dans la pièce. Charlotte sentait qu'Émilie mentait, mais son mensonge la réchauffait, elle aimait ce mensonge.

- Tu voudrais pas d'un copain chevalier pour plus être toute seule à te battre ?

L'infirmière regarda l'enfant, ses yeux allaient loin dans les siens. Il s'agissait là d'un instant important, Charlotte le savait. Comme dans ces moments qui précédaient les paroles de Papi qu'elle se devait de retenir, la gamine se concentra. Elle le sentait, les paroles qui allaient suivre, elle ne devait pas les oublier.

- Tu sais, commença-t-elle comme hésitante de lui confier un secret. Tu peux être une chevalière sans prince. Tu peux être forte. Tu peux te suffire à toi-même. Tu n'as besoin de personne en particulier, mais des gens en général.

- Qu'est-ce que vous avez dit ?

Chapitre XIV
RENCONTRE ET DÉCOUVERTES

<u>Piano trio</u>
Germaine Tailleferre

Dans l'encadrement de la porte, une silhouette se tenait là. Accoudée contre le mur, silencieuse, elle devait les écouter depuis peu sans que Charlotte et Émilie ne s'en soient rendues compte.

Ses cheveux bruns étaient mal tenus par un chignon raté, son visage semblait fatigué mais amusé. Charlotte la reconnut à sa façon de se tenir. La personne qui se tenait là ne voulait pas prendre de place, ne voulait pas déranger, sur le point de s'excuser de faire du bruit à chaque inspiration.
- Maman ! S'exclama la gamine.

* * *

Lise s'avança jusqu'au lit. Elle se sentait bien dans cet environnement. Elle revivait ses années de bonheur, où elle s'épanouissait dans son travail, où elle était infirmière de réanimation. Elle posa les yeux sur chaque dispositif qui habillait la chambre, du scope à l'aspiration, les prises d'oxygène et d'air au mur… Et en posant les yeux sur sa fille, elle se rappela que pour elle et à cause d'Antoine, elle avait abandonné ce métier qu'elle affectionnait au profit d'horaires plus confortables, remplacé une salle de soin par un bureau et des patients par des élèves.

Charlotte lui souriait. Il arrivait que Lise ait des regrets, mais ils s'évanouissaient devant le sourire édenté de sa fille. Elle caressa doucement ses cheveux et sourit en retour :

- Tu vas bien ma chérie ?

La gamine hocha vivement la tête. Lise se voyait déjà la rendormir avec difficulté.

- C'est Émilie ! Dit Charlotte en désignant l'infirmière d'un doigt.

Lise croisa le regard de la jeune femme. Elle comprit ce que Paul avait vu chez elle. Son visage doux et angélique semblait cacher une certaine mélancolie et connaissance de la vie. Lise sentait qu'Émilie avait déjà beaucoup vécu malgré son jeune âge. Bonnes et mauvaises expériences avait forgé une personnalité calme mais forte, la lueur dans ses yeux en était le témoin.

- Bonsoir, dit-elle en rendant son sourire à l'infirmière.

- Bonne nuit même ! Répondit Émilie avec un léger rire. Je suis désolée de vous avoir dérangée, Monsieur Calldet m'a dit de vous prévenir…

- Vous avez bien fait, merci de m'avoir appelée, la coupa Lise d'un ton bienveillant.

* * *

Charlotte laissa ses yeux aller de l'une à l'autre. Elle aimait bien Émilie, c'était une chevalière, elle voulait devenir comme elle. Et sa Maman serait toujours son héroïne. Avoir ses deux modèles de femme devant elle était pour Charlotte un véritable exemple.

- On va y aller, dit doucement Lise.

- Non, on peut pas rester avec Émilie ? Supplia Charlotte.

- Ça sûrement pas ! J'ai du travail moi ma petite dame ! Dit l'infirmière avec un sourire franc.

- On peut t'aider ! Maman est infirmière aussi tu sais ! S'exclama la petite.

- Ah bon ? Interrogea Émilie.

* * *

Lise était gênée, elle avait un sentiment de honte à l'égard de son métier d'infirmière scolaire.

- Oui, j'ai fait un peu de réa, j'adorais cela ! Se confia-t-elle. Maintenant je travaille dans un collège pour être un peu plus avec Charlotte.

Lise baissa les yeux, « *une infirmière de réa déchue de plus* », devait penser Émilie s'imagina Lise. Elle fut surprise en levant les yeux d'y découvrir de la bienveillance.

- Oui, je comprends, ça doit être difficile avec un enfant… Dit-elle d'une voix compatissante. Vous n'auriez pas envie d'y revenir ? On recrute si vous voulez !

Elles rirent, avant que Lise ne réponde :

- Oh jamais ! Bosser avec mon frère ? Plutôt mourir ! S'exclama cette dernière.

Leurs rires s'évanouirent peu à peu.

- Peut-être un jour… C'est vrai que j'aimerais beaucoup revenir à la réa… Dit Lise d'un ton nostalgique.

Émilie la regarda intensément et sourit.

- Vous devriez, ça se voit que cela vous manque.

- Merci.

Sans savoir pourquoi ce mot était sorti de sa bouche, Lise éprouvait néanmoins le besoin de remercier Émilie. Elle se sentait écoutée, comprise et poussée à grandir. Paul avait de la chance et elle comprenait pourquoi il voulait changer pour une personne comme elle.

- Pourquoi merci ? Demanda Émilie d'un ton amusé.

- D'avoir gardé Charlotte, dit Lise en souriant. Elle voyait dans son regard qu'elle savait pourquoi, en vérité, elle la remerciait.

* * *

- On décolle, allez ! Lança Lise à Charlotte.

Charlotte accepta de sortir du lit et de partir à condition que sa mère la porte. Elle ne s'inquiétait pas, elle sentait qu'elle reverrait Émilie, elle allait devenir la chevalière de Paul et Maman et elle étaient copines maintenant. Elle la reverrait.

Dans les bras de Lise, Charlotte sentait qu'elles s'avançaient vers la sortie. Sur l'épaule de sa mère, elle faisait un signe de la main à Émilie pour lui dire au revoir. Lise se retourna et dit à l'infirmière :

- Au fait ! Qu'est-ce que vous disiez à Charlotte quand je suis arrivée ?

Charlotte se retourna pour regarder Émilie parler de chevalier. Cette dernière avait un air gêné, elle remit nerveusement une mèche de cheveux derrière son oreille.

- Une petite leçon de féminisme, rien d'extraordinaire. Je lui disais que si elle voulait être une chevalière elle pouvait, qu'elle était forte et qu'elle se suffisait à elle-même. J'avais un ami qui disait souvent qu'on n'avait besoin de personne en particulier…

- … Mais des gens en général, compléta Lise dans un rire discret. Paul le disait souvent. Ça fait quelques mois qu'il ne l'a pas dit, il a dû changer d'avis à ce propos.

- Oh non, c'est pas Paul qui me disait ça, Monsieur Calldet je veux dire. C'est un gars que j'ai rencontré pendant un voyage en Asie.

Charlotte sentit un froid s'installer entre ses deux héroïnes. Pas le froid qui précède les mensonges. Un froid glacial. Elle réalisa que c'était le froid qui précédait les révélations, un froid qui faisait transpirer, qui donne chaud et qui glace le sang.

Charlotte n'aimait pas ce froid. Elle priait pour qu'un mensonge arrive pour la réchauffer.

* * *

Lise était figée. Incapable de bouger. Avec difficulté elle dit, hésitante :

- Dites-m'en plus ?

Elle voyait qu'Émilie était gênée et ne comprenait pas. Incertaine, cette dernière répondit :

- Je suis partie faire un tour d'Asie il y a quelques années. En logeant dans les auberges j'ai rencontré des gens et cet homme là, un français, est resté plusieurs jours dans la même auberge que moi. Il m'a raconté qu'il avait tout plaqué pour partir faire un tour du monde. Il n'a pas trop voulu me parler de sa vie d'avant.

Lise sentait une goutte de sueur glisser le long de sa colonne vertébrale. Les yeux rivés sur Émilie qui regardait le sol, elle se tenait droite en attendant qu'elle lui en dise plus.

- Mais il m'a juste dit qu'un de ses amis à lui disait tout le temps « *l'être humain n'a besoin de personne en particulier, mais des gens en général* ». Qu'il lui avait fait comprendre la médiocrité de sa vie et qu'il ne le remercierait jamais assez de lui en avoir fait prendre conscience…

- Médiocrité ? Répéta Lise dans un rire.

Elle sentait des larmes de colère lui monter aux yeux. Elle connaissait la réponse, mais il fallait qu'elle lui pose la question. Elle ferma les yeux pour faire couler les larmes qui lui cachaient la vue.

- Comment s'appelait-il ?

Émilie était gênée. Elle leva les yeux vers Lise, elle savait qu'elle était en train de comprendre. Elle savait aussi qu'Émilie avait conscience qu'il fallait lui donner une réponse.

Deux mots suffirent à couper la respiration de Lise. Deux mots suffirent à la faire haïr son frère. Deux mots suffirent. Deux mots. Son nom.

- Antoine Leval.

Chapitre XV
VIOLENCE POUR L'ANGE

<u>D'un soir triste</u>
Lili Boulanger

Paul avait résolu le problème en à peine deux heures trente, bien sûr, il était le meilleur. Pendant l'opération, il avait demandé à l'anesthésiste une place en réanimation pour ce patient. « *Ce serait plus prudent* », avaient-ils décidé. Monsieur Legros ne nécessitait pas réellement de la réanimation, mais cela permettrait à Paul d'être seul avec Émilie.

Il avait senti qu'elle avait besoin de se confier, qu'elle avait eu envie de se confier à lui. Et au vue du lien qui les unissait, Paul se devait d'être là pour elle. C'est en se rapprochant d'elle dans ses moments de faiblesses qu'ils pourront avancer tous les deux, malgré leurs failles et leurs difficultés.

Quand la chirurgie fut terminée, Paul se hâta de se rhabiller, laissant l'équipe d'anesthésie prendre le relais pour réveiller le patient ou non, à leur guise. Il lui avait sauvé la vie, ce qui adviendrait de Monsieur Legros par la suite n'était pas de son ressort.

* * *

Émilie était assise à son bureau, incapable de bouger. Lise était partie avec Charlotte sans lui en dire plus, mais elle avait compris. Elle avait le sentiment d'avoir déchiré une famille.

Antoine avait longtemps été pour elle un modèle de liberté, une sorte de mentor dans le domaine. Un homme qui avait plaqué sa vie pour ses rêves de voyage. Il représentait son idéal. Jusqu'à ce qu'elle comprenne qu'il avait abandonné femme et enfant. Émilie prenait conscience que l'homme qu'elle avait admiré n'était en réalité qu'un égoïste qui avait délaissé sa famille au profit de sa liberté.

Elle n'aimait pas cela, mais elle ne pouvait s'empêcher de le juger et le détester pour le mal qu'il avait dû faire endurer à Lise. « *La liberté est-elle indissociable de l'égoïsme et de la solitude ?* », se demanda Émilie, sans trouver de réponse.

Pauvre Lise, pensa Émilie. Elle lui avait fait de la peine, une femme pleine de rêves, pleine d'envies qui s'était limitée, freinée, arrêtée pour son conjoint, sa fille, son frère. Une femme qui à force de se limiter à vivre avait commencé à vivre par procuration. Elle lui avait donné cette impression de transparence. Facile à lire car peu de choses à lire, mais difficile à voir car invisible.

Émilie prit sa tête entre ses mains, elle se sentait coupable. Si elle avait su, elle aurait menti.

Elle venait de ruiner la relation entre une sœur et son frère. Paul Calldet avait donc été celui qui avait fait fuir Antoine, qui l'avait fait quitter sa femme et sa fille. Paul Calldet avait osé définir sa propre sœur comme quelqu'un de « médiocre ».

Elle se balança sur sa chaise. Alors qu'elle avait commencé à voir en Paul un ami, un confident ; elle prenait conscience que sa première impression était la bonne, c'était un égoïste.

Les malheurs de Lise lui avaient fait oublier les siens. Des larmes lui montaient aux yeux. La culpabilité avait pris la place de la tristesse et la compassion celle de la solitude. Sa solitude avait disparu, « *quand on est deux dans le malheur et la solitude, on n'est pas vraiment seul* », pensa Émilie.

Elle fut soudainement coupée dans ses réflexions. Elle sentit une présence derrière elle et une main se poser sur son épaule.

* * *

Il avait envie de caresser ses cheveux d'or, mais Paul savait que cela aurait été étrange. Elle sursauta quand il posa la main sur son épaule :

- Je ne voulais pas te faire peur, lui dit-il amusé.

Émilie ne répondit pas, elle se leva et se dirigea vers la chambre en face du bureau infirmier.

- C'est bon, Monsieur Legros est sauvé, enchaîna Paul. Il va aller en réa pour cette nuit.

Toujours sans dire un mot, Émilie retira les draps froissés du lit. Paul ne s'expliquait pas le mutisme qu'elle lui infligeait. Ne voulant pas être maladroit, il décida de la flatter :

- Heureusement que tu as vu rapidement qu'il se passait quelque chose. On peut dire que tu lui as sauvé la vie autant que moi ! Dit-il dans un rire. On a fait ça ensemble.

Émilie s'activait à refaire le lit. Quand elle eut fini, elle s'assit et ne bougea pas. Paul s'approcha doucement d'elle, son visage pâle donnait l'impression de luire dans la pénombre. Il s'assit à côté d'elle et demanda doucement :

- Il y a quelque chose qui ne va pas ?

Les yeux rivés sur le sol de la chambre, Émilie respira profondément avant de répondre :

- Votre sœur est passée chercher votre nièce.

Paul avait déjà oublié Charlotte, il eut un petit soubresaut avant de dire :

- Parfait, tout s'est bien passé ?

- Oui, répondit simplement Émilie.

- Alors pourquoi tu ne me parles pas ? Demanda-t-il en posant un bras autour de ses épaules.

* * *

Le poids du bras de Monsieur Calldet écrasait ses épaules. Elle n'avait pas eu de contact humain depuis si longtemps qu'elle était partagée. Plus que partagée, elle était déchirée. Émilie entendait la voix de Florent résonner « *tu n'es rien* », elle revoyait les larmes dans les yeux de Lise qui menaçaient de couler par sa faute « *médiocrité* », Valérie lui inventer une romance « *les autres vont être jalouses* », elle s'entendait dire à sa grand-mère que tout allait bien.

Le bras de Paul l'écrasait et la rassurait. Elle détestait l'homme mais elle aimait ses attentions, divisée elle pleura, encore. L'étreinte de Paul se resserra sur elle. Émilie se sentait bien, elle s'en voulait de se sentir bien, mais dans ses bras les voix qui faisaient écho dans son esprit se taisaient.

***

Paul sentait qu'elle s'apaisait, il lui faisait du bien. Il s'écarta doucement et regarda Émilie dans les yeux. Son visage angélique était sali par la tristesse, il posa doucement une main sur sa joue et essuya ses larmes avec son pouce. Ses yeux rougis par les larmes regardèrent jusqu'au fond de son âme.

Paul savait ce qu'elle voulait, alors il lui donna. Il l'embrassa, passionnément.

* * *

Il avait posé ses lèvres sur les siennes. Émilie était bien, elle était enveloppée de douceur et d'affection, mais elle voulait d'un ami à l'écoute. Il allait trop loin pour elle. Elle prit le risque de le froisser et tourna doucement la tête :

- Je suis désolée…

* * *

Paul était séduit par cet aspect puritain qu'elle se donnait. Elle avait décliné son baiser, pas son étreinte, alors il la serra plus fort contre lui. D'un mouvement de balancier, il l'allongea sur le lit et la prit dans ses bras.

* * *

Émilie avait besoin de cette étreinte. Il avait séché ses larmes, elle sentait qu'il avait compris ce qu'elle voulait alors elle savoura cet instant, cette chaleur humaine, ce contact. Elle était bien.

* * *

Paul n'entreprit pas de l'embrasser à nouveau. Il laissait ses mains découvrir ce corps qu'il avait tant analysé sur les images. Enfin il touchait ses cheveux, il les caressait. Enfin il sentait son odeur se mélanger à la sienne. Enfin ses mains étaient posées sur ce corps qu'il avait tant désiré.

* * *

Émilie sentait que Paul avait envie d'être entreprenant. Elle l'avait vu attentionné avec sa nièce, elle avait la certitude qu'elle pouvait lui faire confiance, alors elle ferma les yeux.

* * *

Paul la désirait plus que tout et il savait qu'elle aussi. Il laissa ses mains se promener le long du dos d'Émilie et s'arrêter sur ses fesses. Elle ne réagit pas, alors il continua son exploration tactile en l'agrippant par le bassin et la renversant sur le dos. Dans la pénombre de la chambre, il crut la voir sourire alors il l'embrassa dans le cou.

* * *

Émilie ne comprenait pas. Elle était de nouveau seule.

* * *

Paul se perdit dans son cou, la couvrant de baisers. Elle méritait tous ces baisers, il devait lui montrer qu'il l'aimait plus qu'il ne la désirait. Mais son désir prenait le dessus, il fit des mouvements de va-et-vient entre ses hanches.

Sa respiration s'accélérait, en tendant l'oreille il entendit celle d'Émilie faire de même.

Alors il posa sa main entre ses cuisses en voulant lui faire plaisir avant de se faire plaisir à lui-même.

* * *

Ces frottements la brûlait.

* * *

Paul sentait qu'il lui faisait plaisir. Il baissa son pantalon et se redressa pour retirer le sien. Droit au-dessus d'elle, il contemplait son corps, le corps parfait d'Émilie était enfin à lui, pour lui. Il sourit et l'embrassa à nouveau dans le cou et au moment où il sentit qu'elle lui demandait, il entra en elle.

* * *

Elle était incapable de bouger. À l'intérieur, elle hurlait. Aucun son ne sortait de sa bouche.

* * *

Ils étaient en train de partager un instant unique et merveilleux, elle répondait à chacun de ses mouvements. Paul avait la conviction que l'instant n'aurait pu être plus magique.

Dans un élan de fougue, Paul lui mordit doucement le cou, un goût de fer s'installa dans sa bouche, il goûtait pleinement à Émilie. Il l'entendit gémir de plaisir alors il accéléra ses mouvements.

* * *

La souffrance parcourait l'intégralité de son corps, elle sentit des gouttes couler jusqu'à l'arrière de sa nuque. Peut-être du sang, il lui avait fait mal. Il lui faisait mal.

Émilie souffrait.

* * *

Paul sentit que l'instant parfait allait arriver, il voulait la regarder dans les yeux. Il voulait qu'ils fassent cela ensemble.

Son regard se perdit dans le sien. La chambre était sombre, il ne faisait que deviner ses yeux, ses magnifiques yeux.

Parcouru d'un frisson de plaisir incomparable avec tout ce qu'il avait pu vivre jusqu'à présent, il ressentit le besoin de dire son nom, de partager cela avec elle.

* * *

- Émilie, dit-il avant de retomber sur elle dans un dernier soubresaut.

Son prénom n'avait jamais été aussi mal prononcé. Son corps ne l'avait jamais tant fait souffrir. Son cœur battait à vive allure. Elle se sentait sale. Elle sentait que quelque chose s'était brisé en elle.

Émilie était brisée.

Chapitre XVI
QUAND LE PION DEVIENT REINE, LE ROI DEVIENT FOU

<u>Allegro Feroce</u>
Augusta Holmès

Lise se sentait trahie. Son frère. Depuis toujours, le départ d'Antoine, le départ qui avait ruiné sa vie, était l'œuvre de son frère. Monsieur son frère Docteur Dorian Paul Calldet avait décidé qu'Antoine serait mieux seul alors il l'avait fait partir.

Lise haïssait moins Antoine que son propre frère. Au moins, à son départ il n'avait pas joué les hypocrites. Il s'était à peine préoccupé de son ressenti, jeune mère célibataire avec une gamine. Pour leur témoigner son affection, il leur avait acheté des croissants.

- Connard, lâcha Lise à haute voix en allumant une cigarette.

Elle n'avait pas fumé depuis l'annonce de sa grossesse. Mais tous ces événements sortis du passé lui avaient donné envie de raviver les souvenirs avec la lueur d'une cigarette.

Quand elle inspira la fumée, elle étouffa une quinte de toux. Cette cigarette la dégoûtait autant qu'elle l'aimait.

- Maman, tu tousses ? Dit une petite voix derrière elle.

Lise se tourna, Charlotte se tenait là dans l'entrée de la cuisine. Elle écrasa avec hâte la cigarette sur le bord de la fenêtre, souffla la fumée qui restait dans ses poumons par la fenêtre et ferma rapidement.

- Mais ma chérie, c'est la nuit et tu dors pas ? Demanda Lise en s'agenouillant près de sa fille.

- Tu dors pas non plus, je t'ai entendue, alors je suis venue, dit la gamine en se frottant les yeux.

Lise s'en voulait d'avoir allumé cette cigarette. Elle sentait qu'elle s'était imprégnée de cette odeur de tabac en une bouffée. Elle ne voulait pas être cet exemple pour sa fille.

- Oui, je suis désolée, j'étais fatiguée, je pensais à pas mal de choses…

- Tu pensais à Papa, hein ? Dit la gamine en regardant sa mère.

***

Il faisait froid, Charlotte reconnaissait maintenant ce froid, ce n'était pas seulement parce que sa mère avait ouvert la fenêtre en plein milieu de la nuit, c'est parce qu'elle voulait lui mentir, encore.

- Un peu, dit Lise.

Charlotte frissonna.

- C'est pas grave, il est plus avec nous Maman, dit doucement l'enfant. Il faut oublier.

* * *

Lise était touchée, elle sourit. Sa fille pouvait parfois faire preuve d'une maturité déconcertante. Elle allait pouvoir oublier Antoine maintenant qu'elle savait pourquoi il était parti. Mais Paul, elle ne l'oublierait pas et elle ne lui pardonnerait pas non plus.

- T'as raison Charlotte, je vais l'oublier tout de suite ! Dit Lise. Et maintenant on va se coucher, d'accord ?

- D'accord, mais ne me mets pas au lit, tu sens la cigarette. J'y vais toute seule.

La gamine tourna les talons sous les yeux amusés de sa mère. Elle se retourna et dit :

- Si tu tousses encore, Paul a du sirop, il m'en a donné plein tout à l'heure. Je lui ai pas dit, mais en plus il était bon ! Bonne nuit Maman.

La gamine se retourna et se dirigea vers sa chambre. Lise souriait. Charlotte était véritablement une gamine extraordinaire.

Elle se redressa, ouvrit la fenêtre afin de vérifier que son mégot était bien éteint. Elle ne pouvait s'empêcher de penser à Paul, il revenait à son esprit malgré elle. Il fallait qu'elle lui parle, maintenant.

Elle prit son téléphone et lui envoya un message.

* * *

Paul était parti vite, il ne voulait pas infliger à Émilie les ragots de ses collègues. Il l'avait embrassée une dernière fois en lui promettant que ce n'était que le début de leur histoire.

Dans sa voiture, il prit le temps de respirer avant de démarrer pour rentrer chez lui prendre une douche et se changer, avant de retrouver Émilie à la clinique. Il voulait la voir avant qu'elle ne rentre chez elle pour dormir, si elle acceptait, il dormirait avec elle. Il voulait être présent, partager chaque instant avec elle.

Il inspira profondément, un sourire était ancré sur ses lèvres, il ne pouvait l'en enlever. Au moment où il tourna la clé pour démarrer sa voiture, son téléphone vibra dans sa poche.

« *Lise Calldet, message. Tu es chez toi ?* ».
Paul fut surpris. Il répondit succinctement :

« *Dans dix minutes* ».

La réponse ne se fit pas attendre :

« *Je t'attendrai devant, il faut que je te parle.* ».

Paul ne répondit pas et démarra sa voiture. Il réfléchit, cela devait être la faute de Charlotte, elle avait dû dire à sa mère pour le sirop. Il aurait dû lui faire promettre de ne rien dire. Néanmoins, il n'était pas réellement inquiet, il était médecin. *« J'ai eu peur que ce soit un début d'angine »*, dirait-il à Lise, elle le croirait, il était médecin.

Sur la route, Paul parlait à voix haute :

- Elle était enrouée... Elle avait l'air enrouée, se corrigeait-il. On commence à rentrer dans la période... La saison... La saison des angines !

Paul gara sa voiture. Il remonta par les escaliers. Arrivé sur le palier, Lise l'attendait.

- Salut, dit-il. Merci d'être passé chercher Charlotte.

Lise ne répondit pas, elle s'écarta pour le laisser ouvrir la porte. Paul ne comprenait pas ce que les filles avaient toutes à être muettes ce soir.

Ils entrèrent chez lui, il ferma la porte derrière eux. Lise était dos à lui, elle ne semblait toujours pas disposée à parler.

* * *

Elle ne voulait pas entamer la discussion. A vrai dire, Lise ne savait pas comment entamer la discussion. Elle se tourna et regarda Paul d'un air sévère.

- Bon… Commença-t-il. Si c'est parce que j'ai donné un médicament à Charlotte je comprends, j'aurais peut-être dû t'appeler.

Lise haussa les sourcils, elle ne comprenait pas pourquoi il lui parlait de cela, pourquoi il se justifiait à ce propos.

- Mais elle avait l'air enrouée, c'est la saison des angines…

Elle connaissait son frère, il bougeait les mains, il suait. Il se justifiait parce qu'il mentait. Lise comprenait.

- T'as drogué ma fille ? S'exclama-t-elle d'une voix plus forte qu'elle ne l'avait prévue.

Paul se raidit, ses yeux s'écarquillèrent.

- Non, non, balbutia-t-il. C'est ce que je te dis, elle… Elle toussait.

Lise voyait son frère comme il était réellement, un monstre d'égoïsme.

- T'as drogué ma fille ? Répéta-t-elle.

* * *

Paul sourit, avant de prendre son air gêné, il tenta de s'expliquer :

- « Droguer », t'y vas un peu fort… C'était juste du sirop pour la toux. Elle était fatiguée, elle n'avait pas dormi de tout le week-end.

Le regard de Lise ne cessait de se durcir. « *Quand tu mens, mets y toujours un soupçon de vérité* », lui avait une fois dit son père.

- Je voulais dormir aussi, termina-t-il.

Paul n'était pas du genre à s'excuser, Lise le faisait suffisamment bien pour lui pour qu'il n'ait jamais eu à le faire. Pourtant, il sentait que pour se sortir de cette situation c'était la seule solution :

- Désolé, dit-il simplement en tentant de paraître sincère.

* * *

Lise eut l'impression de tomber, loin. Son frère avait endormi sa fille pour son propre confort. Comment avait-elle pu lui confier son enfant en imaginant que tout se passerait bien ?

Elle tenta de remettre ses idées en place, ce n'est pas pour cela qu'elle l'avait fait venir. C'était plus ancien, plus profond. Lise sentait des larmes lui monter aux yeux. Submergée, elle lâcha :

- C'est ta faute si Antoine est parti.

* * *

Comment pouvait-elle savoir cela. Paul était désemparé. Lise ne savait pas pour Charlotte, il avait avoué sans le vouloir. Il n'avait jamais vu Lise dans cet état, elle était raide, ses bras tremblaient. Ses sourcils étaient froncés sur des yeux plus noirs que jamais.

Il décida de rire.

- Quoi ? Mais, ça n'a aucun sens ! Dit-il d'un ton qu'il voulait amusé.

Lise s'avança vers lui, ses mots étaient si secs qu'elle manqua de lui cracher dessus.

- Tu lui as dit qu'il avait une vie médiocre, qu'il n'avait besoin de personne, pas de moi, pas de

Charlotte. Qu'il devait partir, être libre ! Tu lui as dit tout ça n'est-ce pas ? Lise hurlait.

Paul n'avait jamais entendu sa sœur crier. De plus, qui était-elle pour crier sur lui ?

* * *

- T'aurais pas été heureuse avec lui de toute façon, avoua Paul en plantant son regard dans celui de sa sœur. C'était un raté.

Lise n'était que haine. Elle gifla Paul. Elle attendit qu'il la regarde à nouveau pour lui dire :

- Je n'aurais pas été seule au moins... Tu forces Antoine à me quitter, tu drogues ma fille, qu'est-ce que tu fais d'autre ? Tu as un problème Paul... Je vais aller chez Papa et Maman, avec Charlotte. J'irai travailler là-bas. Ne t'approche plus jamais de Charlotte ou de moi.

Lise passa devant son frère et posa sa main sur la poignée de porte.

* * *

C'en était trop. Même si elle était sa sœur, personne ne pouvait lui parler comme ça, personne ne devait savoir pour Charlotte, pour Antoine. Il était quelqu'un de bien maintenant, pour Émilie, il avait changé et il ne pouvait pas permettre que ses erreurs du passé entachent son avenir.

Paul saisit le bras de Lise et serra fort.

- Lâche-moi, siffla-t-elle.

- Tu peux pas partir, personne ne doit savoir… Dit-il dans un murmure sombre. Émilie ne doit pas savoir…

Il regarda sa sœur dans les yeux, son air fier disparaissait peu à peu pour faire face à de la détresse. Paul sourit.

* * *

Lise ne reconnaissait pas son frère, le blanc de ses yeux était injecté de sang. Un sourire laissait apparaître sa dentition parfaite, ses yeux s'arrêtèrent sur ce qu'elle aurait juré être une tache de sang sur l'une de ses canines.

Lise avait peur. Elle ne savait pas quoi faire, des larmes lui montèrent aux yeux elle supplia :

- Pense à Charlotte…

Le sourire de Paul s'élargit encore, les battements du cœur de Lise s'accélèrent.

- Oh tu sais, je serai comme un père pour elle. Je le suis déjà d'ailleurs !

Tout se passa très vite, Lise hurla. Paul la frappa au visage si fort qu'elle tomba à terre, aveuglée par la douleur elle se releva et poussa son frère aussi fort qu'elle le put. Lise l'entendit tomber au sol dans un bruit sourd accompagné d'un craquement.

* * *

Allongé, Paul avait froid et peur.

* * *

Une main sur la poignée de la porte d'entrée, Lise jeta un dernier regard derrière elle. Un dernier regard sur son frère, qui ne s'était pas relevé. Dans l'obscurité de l'appartement, elle ne voyait que sa silhouette étendue au sol et une tache sombre se former sous la tête de son frère. La tache ne cessait de s'étendre.

Lise avait peur de s'en approcher, elle se baissa pour regarder d'un autre angle, le thorax de son frère se soulevait encore. Il respirait.

Alors elle sortit en hâte de l'appartement et remonta chez elle.

Elle réveilla Charlotte :

- Tu veux partir en vacances chez Papi et Mamie ?

La petite ne se laissa pas prier.

- Maintenant, de suite ? Demanda-t-elle d'une voix endormie mais enjouée.

- De suite, répondit Lise, elle essaya de sourire et prit Charlotte par la main.

Elle fourrait avec hâte quelques affaires dans un sac et prit Charlotte par la main.

Arrivée à la voiture, elle s'attendait à voir Paul surgir à tout moment, le visage ensanglanté, mais rien n'arriva.

Elle démarra et regarda l'heure, sept heures trente.

- Ça va Maman ? Demanda Charlotte l'air inquiète. T'as du sang sur la joue.

- Ça va ma chérie, ça va, je suis tombée. Essaye de dormir pendant le trajet, d'accord ? Mets un livre audio, ça passera plus vite.

* * *

Charlotte sentait que sa mère n'allait pas bien, ses mains tremblaient sur le volant, elle avait dû se battre pour avoir la joue ensanglantée. Peut-être Maman était une chevalière aussi.

Elle avait froid, mais Charlotte avait été réchauffée par le mensonge de sa mère.

Chapitre XVII
LE NÉANT

<u>Quatuor pour piano et cordes en La mineur</u>
Gustav Malher

Émilie avait fait les transmissions concernant son seul patient à Valérie et Florent, pour sa dernière nuit. Elle n'avait pas relevé leur raillerie à propos de ses cheveux mal coiffés, à propos de la venue du chirurgien. Elle n'avait rien relevé.

En se changeant au vestiaire elle se sentait mal, salie, vidée, brisée. Elle ne comprenait pas ce qui avait poussé Paul Calldet à faire ce qu'il lui avait fait. Elle se sentait coupable, pourquoi n'avait-elle rien su dire, pourquoi n'avait-elle pas bougé ? Elle détestait son corps de n'avoir rien fait, elle se détestait.

Elle se sentait vide d'émotion et pourtant pleine de culpabilité. Émilie ne savait pas ce qui s'était passé. Pouvait-elle appeler cela un viol ? Tout le monde penserait qu'elle n'avait rien dit, qu'elle s'était laissée faire, qu'elle le voulait. Elle claqua la porte de son casier et prit la direction de la sortie de la clinique.

Elle se détestait d'avoir aimé cette étreinte.

« Ne t'inquiète pas, ce n'est que le début de notre histoire, pas la fin. », avait dit Paul Calldet. Tout cela se reproduirait-il tant que son corps refuserait de se battre ?

Elle avait dit à Charlotte qu'elle était une chevalière, et voilà qu'elle se trouvait battue, détruite, anéantie en une simple nuit.

En enfourchant son vélo elle avait envie de pleurer, et pourtant les larmes ne coulaient pas. Émilie s'était toujours vue comme une femme forte, indépendante et voilà qu'en douze heures elle avait chialé pour avoir quelqu'un et chialé parce qu'elle avait eu quelqu'un.

Fatiguée, elle roulait vite. Elle voulait aller se perdre dans sa couverture et disparaître dans son lit. Seule.

* * *

Lise roulait vite, elle n'avait aucune raison de craindre que Paul ne les rattrape, mais elle n'avait jamais été aussi effrayée. Elle posa un regard sur Charlotte, assise à côté d'elle, les yeux clos. Elle tentait de dormir.

Son frère, un homme respectable, un médecin reconnu avait en quelques minutes changé de visage et était devenu un monstre. Lise n'arrivait pas à ôter de son esprit les yeux luisants et injectés de sang de Paul. Elle ferma les yeux pour tenter de faire disparaître cette image de son esprit. Au même moment, le feu passa au rouge.

Il fallait qu'elle atteigne l'autoroute, elle pourrait enfin être tranquille et rouler l'esprit apaisé.

* * *

Émilie pédalait avec force. En guise de pénitence, elle sentait les muscles de ses cuisses chauffer. Ces cuisses qu'il avait effleurées, caressées, saisies.

Elle pédala plus fort et passa au feu rouge.

* * *

Le visage de Paul s'imposait à Lise, son sourire, ses dents brillantes, rougies par endroits.

Elle passa une main devant son visage comme pour chasser cette vision.

Lise roulait vite.

* * *

Émilie prit la décision de démissionner. Elle n'avait jamais été plus heureuse qu'en voyage, elle partirait loin, travailler si besoin, mais surtout vivre. Enfin vivre.

Émilie roulait vite.

* * *

Tout ce que vit Lise ce fut des cheveux blonds voler au-dessus de son pare-brise. Charlotte se réveilla en sursaut au moment du choc. C'est incroyable comme un impact peut-être violent, même à cette vitesse.

- Tu reste là, ordonna Lise à sa fille.

Elle sortit de sa voiture d'un pas hésitant, il n'y avait personne sur la chaussée, seulement elle et la jeune femme.

Son corps avait atterri près de dix mètres derrière sa voiture. Lise s'en approcha doucement, une de ses jambes avait pris un angle étrange et peu naturel. Ses cheveux blonds semblaient former comme un oreiller sous sa tête.

En s'approchant plus près Lise eut un haut-le-cœur. Hormis sa jambe, son corps était parfait. Son visage d'ange n'avait subi que quelques griffures ça et là. Ce qui choqua Lise ce fut l'air torturé qu'elle avait, triste et colérique.

Cette expression ne se mariait pas du tout avec la douceur de ses traits. Pour s'en assurer, Lise l'imagina rire et sourire. Ce visage douloureux était bel et bien celui d'Émilie.

Lise regarda à nouveau autour d'elle, elle était seule. Elle se pencha doucement. Son thorax se soulevait encore à elle-aussi.

Personne autour d'elles, et ce qu'elle imaginait c'était Paul, peut-être parti à leur poursuite.

* * *

Allongée, Émilie avait mal, froid et peur.

Épilogue
LOIN DE LÀ, LONGTEMPS APRÈS

<u>Gnossienne No. 6</u>
Erik Satie

Le soleil caressait sa joue. Le rythme des vagues s'accordait parfaitement à celui de sa respiration. Le calme n'avait jamais autant envahi son être.

C'est quand le vent s'engouffra dans sa chevelure que ses yeux s'ouvrirent. Malgré ses lunettes de soleil, la clarté de l'astre poussait ses paupières à lutter pour ne pas rester fermées.

Le sable blanc et le ciel clair semblaient avoir décidé ensemble d'éblouir chaque personne présente sur cette plage.

Une main effleura son bras et son regard se tourna vers la personne à ses côtés.

Puis, une voix, la plus douce des voix. La voix qui l'avait fait voyager au bout du monde, la voix qui lui avait sauvé la vie, la voix qui avait fait disparaître ses cauchemars, la voix qui réchauffait son être.

Cette voix, presque noyée par le bruit des vagues, lui murmura simplement :

- C'est parfait.

Un sourire sincère se forma sur ses lèvres. La solitude avait disparu. Elle avait laissé place à la liberté.

Oui, c'était parfait.